ブックデザイン　岡本洋平＋森木沙織（岡本デザイン室）

THE LOST FLOWER CHILDREN
Text by Janet Taylor Lisle
Illustrations by Satomi Ichikawa

First published by Philomel Books, New York, 1999
This Japanese edition published by Fukuinkan Shoten Publishers, Inc., Tokyo, 2007
Japanese translation rights arranged with Gina Maccoby Literary Agency,
through Japan UNI Agency, Inc., Tokyo
The illustrative reproduction rights arranged with Philomel Books,
a division of Penguin Young Readers Group, a member of Penguin Group (USA) Inc.
through Japan UNI Agency, Inc., Tokyo

Printed in Japan

花になった子どもたち

ジャネット・テーラー・ライル作
市川里美画　多賀京子訳

福音館書店

1

「どうしてもミンティーおばさんの家にいかなくちゃ、だめ？　おばさんといっしょに住むなんて、無理《むり》よ。おばさんのところには、いきたくない」

夏休みを前にしてオリヴィアは、必死《ひっし》で父《とう》さんにうったえました。ミンティーおばさんは父《とう》さんのおばさんで、とても年をとっています。いっしょに住んだら、きっと大変《たいへん》なことになるでしょう。妹のネリーだって、ものすごくいやがるはずです。

でも母《かあ》さんは春のくる前に亡《な》くなってしまいました。いまはもう、だれもオリヴィアのいうことに耳をかたむけてくれようとはしません。

それに父《とう》さんは、顔につかれきった表情《ひょうじょう》をうかべていうのです。

「だがなあ、オリヴィア。父《とう》さんは、地方をまわって仕事をするセールスマンだ。しょっちゅう家を空けなきゃならん。なのに、ここにはおまえたちの世話をたのめる人はいない……。夏のあいだだけでいいんだ。たのむから、ためしにおばさんの家ですごしてみてくれないか。そのあいだ、できるだけ電話をかけるようにするから。な、約束《やくそく》だ」

これでは父《とう》さんのいうことを聞くしかありません。オリヴィアとネリーは、うちから車で二時間ほどのところにあるミンティーおばさんの家で夏休みをすごすことになりました。

約束《やくそく》の日、ネリーは大切にしている二十三個《こ》のぬいぐるみをぜんぶ、さっさと後《うし》ろ座席《ざせき》につみこみました。ぬいぐるみは、みんなネリーの子どもです。ネリーは、この子たちがいないと、夜ねむれません。

外へでてきた父《とう》さんは、座席《ざせき》の上にある山のような荷物を見ていいました。

「こらこら、それはおいていきなさい」

「でも……」とオリヴィアがネリーに代わって口をひらきました。「ネリーは、ぬいぐるみがいなくちゃ、だめなのよ」

「いくらなんでも、これぜんぶは、いらんだろう。ばかばかしい」

ネリーがなみだのいっぱいたまった目で、父《とう》さんをにらみつけました。ぬいぐるみをとられないように大きく両腕《りょううで》をひろげています。ネリーのくちびるがわなわなふるえはじめると、オリヴィアは、とうとうがまんができなくなって声をはりあげました。

「ぜんぶいなくちゃ、だめなの。ひとつのこらずね。父《とう》さんだって知ってるでしょ。ぬいぐるみはみんな、ネリーの子どもなの。家においていけるわけがないじゃない」

オリヴィアのあまりのけんまくに、父《とう》さんはたじたじとなって顔をそむけました。それから三人は、だまって車に乗りこみました。

車が走りだすとネリーは後ろむきにすわり、遠ざかる家を窓《まど》ごしにじっと見つめていました。オリヴィアに、ありがとうをいいもしなければ、感謝《かんしゃ》の気持ちをこめたまなざしをむけようともしません。それは、ふたりのあいだではする必要《ひつよう》がないことでした。母《かあ》さんがいなくなったいま、自分がいやな思いをしないよう守ってくれるのはオリヴィアだ、とネリーにはよくわかっていたのです。そしてオリヴィアも、当たり前のようにネリーの母《かあ》さん代わりをつとめていました。

おばさんの家には、母《かあ》さんがいたころ、しょっちゅうお昼をごちそうになりにいっていました。でも泊《と》まったことはありませんでした。オリヴィアは、おばさんのうちをよくおぼえています。家の横には、大きな庭がありました。生垣《いけがき》にかこまれたその庭は、馬のひづめにつける蹄鉄《ていてつ》の形をしていて、奥《おく》には石のベンチを組みこんだ石壁《いしかべ》があります。

手入れのゆきとどいた花壇《かだん》に、美しい花が咲《さ》きみだれていたこともあったでしょう。でもいまはもう、そのころの面影《おもかげ》はありません。ミンティーおばさんはすっかり年をとり、庭いじりがおっくうになってしまいました。節々《ふしぶし》のかたくなった体では、雑草《ざっそう》をぬいたり枝葉《えだは》を刈《か》りこんだりするのはひと仕事です。そこで庭の草花はおいしげり、からみあい、ひとかたまりのやぶになりました。しかも、つる草や雑草《ざっそう》がのびほうだいにのびて、そのやぶにぎゅうぎゅうからみついていました。

おばさんの家に着いてオリヴィアが車からおりようとすると、草のおいしげるこの庭が生垣《いけがき》のあいだから目にとびこんできました。庭は、いつになくほったらかしにされているように感じられます。こんなところには、やっぱりいられない。オリヴィアは、荷物を車にもどしていますぐ引きかえそう、と父《とう》さんにいおうとしました。

そのときミンティーおばさんが、みすぼらしい麦《むぎ》わら帽子《ぼうし》をかぶった姿《すがた》であらわれました。おばさんは小柄《こがら》で、まるで小鳥のように手足がほっそりしています。声もささやくように小さいので、父《とう》さんは何度もおばさんのほうへ体をかたむけて、「えっ？　すみません、いま、なんと？」と聞きかえしました。

オリヴィアは父《とう》さんと目をあわせ、やめてよといわんばかりににらみつけましたが、父《とう》さんは、とぼけて知らんぷりしました。

「さあさあ、お庭のほうへどうぞ」ミソサザイがチイチイさえずるような声で、ミンティーおばさんがいいました。

庭にはいると、父《とう》さんがすぐに声をあげました。

「すばらしい！　ちっとも変《か》わっていませんね。なあ、おまえたち、ここにいる大おばさんはそのむかし、よく名の知られた園芸家《えんげいか》だったんだぞ。そうだ、写真をとろう。むこうにある石のベンチの横に立ってごらん」

でもネリーは、がんとして動こうとしませんでした。ぬいぐるみをおいていけといわれたことを、まだ根にもっていたのです。ところが父《とう》さんの顔に目をやって、どんなにがんばっても、結局《けっきょく》はいうことを聞くはめになるとわかったのでしょう。すこしゆずっていいました。

「おねえちゃんがいったら、あたしもいく。はやくしてよ、おねえちゃん。ねえ、はやくったら！」

五歳《さい》になったネリーは、こんなふうに命令《めいれい》して、いばってばかりです。

父《とう》さんがいいました。

「さあてと、おまえたちがこの家でどんなふうに変《か》わるか、まずは着いたときの写真をとっておこうな。〝夏休み前と後〟の写真だ」父《とう》さんは片目《かため》をつぶってカメラのファインダーをのぞき、ピントをあわせようとしました。「〝夏休み前〟のおまえたちは、やせっぽちで顔色がわるい。それから……」

「かおいろがわるい、ってどういうこと」ネリーが聞きました。

「元気がないみたいだってことよ」オリヴィアはカメラのほうへ顔をむけたまま答えました。

オリヴィアは、ことばをたくさん知っています。スポンジが水をすいこむように、どんどん吸収《きゅうしゅう》するのです。

「あたし、元気だもん！」ネリーは、ぷんぷんしながらいいました。

「まあ、いいから、いいから。ミンティーおばさんの焼《や》いたアップルパイを楽しみにしているんだよ。熱々《あつあつ》のところへ、アイスクリームをそえるんだ」父《とう》さんはファインダーをのぞいたまま大声でいいました。「ブルーベリーのマフィンも、うまいぞ。おまえたち、今度父《とう》さんが迎《むか》えにきたら、いっぱいつめものをしたチキンみたいに丸々ふとってるんだろうな。にこにこわらってな」

人の気持ちを無視《むし》したような父《とう》さんのことばは、この場にまるっきりふさわしくありません。

オリヴィアはミンティーおばさんの顔をちらっとうかがいました。おばさん、どう思ったかな。

おばさんは庭のすみに立ってお祈《いの》りするように両手を組み、その指にぎゅっと力をこめていました。もしかしたら、本当に祈《いの》っていたのかもしれません。オリヴィアたちがこの家にきたくなかったのとおなじくらい、おばさんのほうでも、女の子ふたりをあずかるのはごめんこうむりたかったのです。

おばさんは、父《とう》さんが電話をかけて子どもたちをあずかってもらえないかとたのむと、開口《かいこう》一番《いちばん》こういいました。

「まるまるひと夏ですって。とんでもない」

オリヴィアは、その話をこっそり聞いていました。電話の盗《ぬす》み聞《ぎ》きならお手のものでした。オリヴィアは電話にでている人たちにはまったく気づかれずに、内線電話の受話器《じゅわき》をそっと持ちあげることができます。

そのとき、おばさんはつづけていいました。

「無理《むり》ですよ、ジェラルド。わたしは、もう年ですからね。そんな責任《せきにん》あることは荷が重すぎます。ネリー、いくつですって？」

「五歳半《さいはん》です。オリヴィアは九歳《さい》になりましたよ。それに、だいじょうぶ。おばさんにできないわけはありません」父《とう》さんは、腕《うで》ききのセールスマンらしいきっぱりとした口調でうけあいました。「ぼくが子どものころ、めんどうをみてくれたことがあったじゃないですか。なにはともあれ、おねがいしますよ。おばさんがうんといってくれなかったら、お手上げなんです」

オリヴィアは、またミンティーおばさんへ目をやりました。おばさんの麦《むぎ》わら帽子《ぼうし》には穴《あな》がいくつもあいていて、そこから黄みがかった白髪《しらが》が、庭でのびほうだいの草の一部みたいにぼさぼさとはみだしていました。

「いいか、とるぞ！」父《とう》さんが声をはりあげました。「ほら、わらって。チーズの厚切《あつぎ》りー」

「チーズの厚切《あつぎ》り……」オリヴィアとネリーは、しぶしぶ声をそろえてつぶやきました。

「よし。じゃあ、父《とう》さんが九月のおわりに迎《むか》えにきたら——」

「八月のおわりですよ」ミンティーおばさんが、そっといいました。

「おっと、そうだった。じゃあ八月のおわりに、父《とう》さんが〝夏休み後〟の写真をとりわすれそうになったら、注意してくれよ。おまえたちがどんなに変《か》わったか、楽しみにしているからな。きっと背《せ》が三インチものびて、タンゴがおどれるようになっているんだろうな！」

父《とう》さんは、長い出張《しゅっちょう》にでかける直前の決《き》まり文句《もんく》を口にしました。するとネリーが鼻をクスンクスンいわせはじめました。

父《とう》さんはとっさにかがみこむとネリーとオリヴィアを順《じゅん》にぎゅっとだきしめ、ふりかえりもせずに車に乗りこみ、あっという間《ま》にバックで道路へでていきました。あまりのすばやさに、ネリーは大泣《おおな》きするきっかけを失《うしな》いました。ミンティーおばさんも、ふたりの少女とおなじくらいあっけにとられたようすで立っていましたが、やがていいました。

「台所に、チョコレートチップクッキーが……ありますよ」

それはまるでクッキーがのったお皿まで、大急ぎでどこかへいってしまっていたらどうしようとでも思っているような、たよりない言い方でした。

オリヴィアはネリーの手をとると、さっさと家にはいりました。ほかになにができるでしょう。ふたりはあれよあれよという間《ま》にミンティーおばさんの家に放りこまれました。もうここにいるしかありません。おばさんでさえ、おいてきぼりにされた気がしたくらい、父《とう》さんはあわただしくいってしまいました。

2

ミンティーおばさんがネリーとうまくやっていけそうにないことは、すぐにわかりました。でも、おばさんがわるいのではありません。いけないのは父《とう》さんです。おばさんに、オリヴィアとネリーをあずかってほしいとたのみこんでおきながら、気をつけてもらいたいことをなにひとつ話さないまま、ふたりをおいていってしまったからです。でも、いまさらそんなことをいってもはじまりません。

幼《おさな》いネリーは、ややこしい性格《せいかく》をしていました。ネリーがなにを考えているのか、ほとんどの人はなかなか理解《りかい》することができません。もし、ネリーがどうしてほしいのかわかってやれなかったり、あるいはわかったとしても、すぐにそれをしてやらなかったりすると、ネリーはすさまじいばかりに泣《な》きさけびます。すると、これは父《とう》さんがいったことばですが、「歩いていた犬はその場でこおりつき、文明社会のたてる音は何マイルにもわたってかきけされる」のです。

お気《き》の毒《どく》に、ネリーのわめき声のことなどなにひとつ聞かされていないミンティーおばさんは、灰色《はいいろ》のハトのようにしずしずと、ふたりを古めかしい台所へ案内《あんない》しました。

ネリーには、自分なりに決めた正しいやり方というものがありました。まわりがうっかりまちがって、ネリーが思いどおりにできないと大変《たいへん》なことになりますが、もちろんおばさんは、そのことを知りません。

たとえばネリーは朝おきて着がえをするとき、まず靴下《くつした》と靴《くつ》をはきます。それからパンツに足をつっこんでひっぱりあげ、ついでズボンをはきます。シャツはそのあとです。ネリーは、ちょうど潮《しお》がじわじわ満《み》ちてくるように、下から順々《じゅんじゅん》に着るのがいいと信《しん》じているのです。これはネリーの頭に金色の文字できざみこまれた大切な決まりでした。だからネリーがへそを曲げないようによくよく気をつけたとしても、もっと簡単《かんたん》な着方があるかもしれないなどとほのめかすのは禁物《きんもつ》です。

こんな決まりもありました。

〈階段《かいだん》は後ろむきで、のぼったりおりたりする〉

こうすると、とても時間がかかりますが、だれも文句《もんく》はいえません。父《とう》さんのようにせっかちで待てない人がいると、ネリーはヒヒのように真《ま》っ赤《か》な顔で泣《な》きわめき、どこへもいかないとだだをこねて、結局《けっきょく》は午前中がむだになってしまうようなこともおこりました。

このほかにも星の数ほど大切な決まりがあって、すべてをきちんとわかっていたのは、母《かあ》さんだけでした。でもいまは、一から十までおぼえていられるような人は、ひとりもいません。もちろんオリヴィアは努力《どりょく》しています。家では父《とう》さんに教えこもうともしました。でも父《とう》さんはすぐにかんしゃくをおこしたし、自分が定めた決まりならいざ知らず、ネリーが勝手にいいだしたことなど、どこがどう大切なのか、よく理解《りかい》できないときもありました。とはいえ、さすがに父親ですから、ネリーの気にいるようにしてやらないとどうなるかは承知《しょうち》していました。

ところが、かぼそい声でしゃべる年をとった大おばさんの場合は、そういうわけにはいきません。ミンティーおばさんのこと、ちゃんと見ていたほうがいいな。ネリーの気にいらないことをやりかけたら、おばさんが危険《きけん》な穴《あな》に落ちる前に、すぐにとびだしていかなくちゃ。オリヴィアはそう思いました。さもないと、そのあとどんなことになるか、わかったものではありません。もしかしたらおばさんは、ばったりたおれて死んでしまうかもしれません。あるいは家から逃《に》げだすか。はたまたネリーを押入《おしい》れにとじこめ、手におえないからと、おまわりさんをよんでしまうかもしれないのです。

案《あん》の定《じょう》、その日、みんなでミンティーおばさんの家の台所に落ちついてものの二分もしないうちに、おばさんのまわりには火山の噴火口《ふんかこう》のように、落《お》とし穴《あな》がいくつもぼこぼこ口をひらきはじめました。

ネリーの決まりのなかには、〈味や形のはっきりわかるものが二種類《しゅるい》以上《じょう》はいっていたら食べない〉というのもあります。ネリーは、にこにこしているおばさんからクッキーをもらうと、当然《とうぜん》ちゃんとしたものかどうか調べました。ところがこまったことにそのクッキーには、チョコレートのかけらのほかに木の実がこっそり、害虫《がいちゅう》のようにひそんでいました。

ネリーはがぶりとひと口かむと、すぐに、「いらない！」とわめいて、口の中のものをペッと床《ゆか》にはきだしました。

「大きらい！」ネリーは、すこしぐちゃっとなったクッキーにむかってどなると、片足《かたあし》を思いっきりけりあげました。あまりの勢《いきお》いに、はいていた靴《くつ》がぬげて冷蔵庫《れいぞうこ》の上へふっとんでいったほどです。

ミンティーおばさんは顔をひきつらせてすくみあがりました。オリヴィアは、どきっとしました。卒倒《そっとう》するかもしれない！　でもおばさんはすぐに気をとりなおすと、本当は夕食のあとにだすつもりだったチョコレートプディングを、小さなお皿に盛《も》ってネリーにすすめました。

「よかったら食べてみない？」おばさんは、とてもやさしくいいました。

ネリーはすっかりきげんをなおしてうなずくと、「晩《ばん》ごはんのあとには、もっとたくさんちょうだいね」と、当たり前のようにいいました。ネリーのきげんをそこねたらどうなるかわかったおばさんは、あわてていいました。

「ええ、もちろんですよ」

三人はやがて、びっくりするほどうちとけて楽しくおしゃべりしはじめました。ここの台所は変《か》わったにおいがする、うちのとはぜんぜんちがうという子どもたちに、おばさんは、「古い材木《ざいもく》のにおいなんでしょうね」といいました。

そのうち、コオロギが調理台の上にとつぜんあらわれて、流しの排水口《はいすいこう》へぴょんととびこみました。でもそのコオロギがそれっきりでてこなかったので、楽しそうに話をしていたネリーは顔をくもらせ、おろおろしはじめました。

「平気、平気。晩《ばん》ごはんの片《かた》づけをするときまで、ミンティーおばさんは水を流したりしないからね」とオリヴィアはいいました。

おばさんはちょうど、子どもたちがのんだ牛乳《ぎゅうにゅう》のコップを洗《あら》おうとしていたところでしたが、「え? あら、そうね」というと、あわててその手をとめました。

「それだけ時間があれば、コオロギくんは、なんとかして逃《に》げだせるよ」オリヴィアはいいました。

「コオロギが女の子でもだいじょうぶ？」ネリーが聞きました。

「ええ、心配いりませんよ。じゃあ、あしたの朝まで、水を流すのはやめておきましょうね」おばさんが心の広いところをみせていいました。ようやく、こつがわかってきたようです。オリヴィアはおばさんを見て、それでいいのよ、と励《はげ》ますようにうなずきました。

ところがミンティーおばさんは、たちどころにまた別《べつ》の金文字の決まりをやぶってしまいました。ふたりに、二階に用意した子ども部屋《べや》を見てきたらどうかとすすめたあと、台所の背《せ》の高いスツールからおりようとするネリーに、手を貸《か》したのです。これはもう、だれもやってはいけないことでした。ネリーはたちまち耳をつんざく悲鳴をあげ、おばさんを強くおしのけました。

「てつだってもらうのがいやなのよ。なんでもひとりでやりたがるの」オリヴィアは説明《せつめい》しました。「自分から、『やって』といったときは別《べつ》だけど」

「あらあら、ごめんなさいね、気がつかなくて」おばさんは、あやまりました。でも今度ばかりは、ネリーのきげんもすぐにはなおりません。ネリーは冷《つめ》たい目で、うらめしそうにおばさんをにらみつけました。そして二階へあがるときは、いつもよりずっと時間をかけて、階段《かいだん》を後ろむきにあがりました。

「いつからこんなふうに決まりをつくるようになったのかしら」階段《かいだん》の上でネリーがあがってくるのを待ちながら、ミンティーおばさんはオリヴィアに小さな声で聞きました。

「だれも知らないの。でも、ネリーにたずねないでね。またひとつ、決まりをやぶることになるから」オリヴィアは、ぼそぼそと答えました。

「どんな？」おばさんも声をひそめました。

「どうしてそんなことをするようになったか、たずねちゃいけないっていう決まりよ」

そのあとも、おばさんはありとあらゆる決まりをやぶってネリーのきげんをそこないつづけました。それで子どもたちがベッドにはいる時間になると、おばさんの顔色はすっかりわるくなっていました。オリヴィアはおばさんに、下にいってもいいよと伝《つた》えました。

「寝《ね》るしたくなら、自分たちだけでできる。いつも家でやってたから、だいじょうぶよ」とオリヴィアがうけあうと、おばさんはすぐに部屋《へや》をでていきました。オリヴィアは、ほっとしました。この数か月のあいだ、ものわかりのわるい何人ものベビーシッターにいやな思いをさせられてきて、ここでもおなじことがおこるのではないかと内心気になっていたのです。でもどうやらミンティーおばさんは、こちらのやり方に口をはさむつもりはなさそうです。

その夜は、もうそれ以上《いじょう》めんどうなことはおこりませんでした。ただ、おばさんが用意してくれた子ども用のベッドに、ネリーと二十三個《こ》のぬいぐるみをいっしょに寝《ね》かせるのはとても大変《たいへん》でした。ぬいぐるみは、あっちからもこっちからも、床《ゆか》の上にころんころん落ちます。ネリーはいらいらして、「もう、やだ!」とわめきました。

とうとうオリヴィアは、自分にあてがわれた大きなベッドをネリーにあけわたしました。子ども用ベッドはひとまわり小さく、足をのばすと、つまさきがはしからつきだしてしまうのでしたが。

おやすみのあいさつをしに部屋《へや》へはいってきたおばさんは、ふたりがベッドをとりかえているることに気づいても、なにもいいませんでした。そのかわり、なにか考えているように、ネリーのことをつくづくとながめました。

おばさんは部屋《へや》をでていくときオリヴィアに声をかけました。

「もうすこし、おきていてもいいんですよ。よかったら、下へおりていらっしゃいな」

たしかに九歳《さい》の子どもが寝《ね》るには、はやすぎる時間でした。

「だめ、いっちゃだめ」ネリーが声をはりあげたので、オリヴィアは注意深く答えました。

「えっとね、おきていてもいいんだけど、ネリーといっしょにいるほうがいいの。ずっと、そうしてきたから」

おばさんはうなずくと、「それじゃ、おやすみなさい」といって部屋《へや》の電気をけしました。

おばさんのゆっくりした足音が廊下《ろうか》のむこうにきえると、ネリーはたちまちねむりに落ちました。オリヴィアはうす暗い部屋《へや》でベッドに横たわったまま、妹がたてる寝息《ねいき》に耳をすましました。ぐっすりねむっているようです。オリヴィアは懐中電灯《かいちゅうでんとう》でさぐるように、目をぐりぐり動かして自分たちの新しい部屋《へや》をながめまわしました。さほど大きくない長椅子《ながいす》のひじかけには、さっきぬいだ服がかけてあります。半びらきのドアからは、明るい廊下《ろうか》の光がさしこんでいました。壁《かべ》はいっぷう変《か》わっていて、色は緑がかった明るい青色。表面はオートミールがかたまったようにでこぼこしていました。

天井《てんじょう》には、一面にひびがはいっています。それがところどころつながって、境界線《きょうかいせん》だけをのせた天国の白地図のように見えました。もちろん天国がどんなところなのかオリヴィアは知りませんが、地図を本物らしくしたいなら、いろいろな場所に名前をつけなければなりません。

オリヴィアは、ネリーが夜中トイレにおきたときのために、暗い廊下《ろうか》をどう歩いて連《つ》れていくか頭のなかでたどってから、いくつか名前を考えました。わたぐもの地、み使いの地……くらやみの地………。

オリヴィアがうとうとしはじめたときです。ミンティーおばさんが戸口から顔をのぞかせました。

「だれか泣《な》いているの？　泣《な》き声《ごえ》が聞こえたような気がしましたよ」

オリヴィアは体をおこしました。「空耳《そらみみ》じゃない？」

「家が恋《こい》しくなった子はいないかしら」おばさんはそういうと部屋《へや》にはいってきて、ふたりの顔を順《じゅん》にのぞきこみました。ネリーは大きなベッドの真ん中でぬいぐるみに埋《う》もれ、このうえなくおだやかな顔でねむっていました。

「だれのこと？　ばっかみたい、家が恋《こい》しいなんて」オリヴィアがいうと、おばさんはだまってうなずき、部屋《へや》をでて足早に廊下《ろうか》を去っていきました。

おばさんの足音がきえると、悲しみを封《ふう》じこめてあるオリヴィアの心のかたすみに、おばさんのことばがどっと流れこんできました。母《かあ》さんの顔が目の前にうかび、母《かあ》さんにふれたときの感じがよみがえって心がうずきました。なみだがあふれてほおを伝《つた》い、枕《まくら》をぬらします。ミンティーおばさん、もういちどここにきて、さっきとおなじことを聞いてくれないかな。そう思ったほどです。

そしていまにも声をだして本当におばさんを呼《よ》びそうになったとき、ネリーが大声でおかしな寝言《ねごと》をいいました。それは、こんなふうに聞こえました。

「あたしのがらがら、かえしてよ！」

いかにもいばりちらしてばかりのネリーらしい、にくたらしいほどの言い方です。オリヴィアの胸《むね》に、ぽわんと泡《あわ》のように笑《わら》いがこみあげてきました。とうとうオリヴィアは目になみだをうかべたまま、「ハハハ」と声をたててわらいだしてしまいました。おかげで心をおびやかす悲しい気持ちはいつもの場所にひっこみ、かたく封《ふう》じこめられました。オリヴィアは目をとじると、ねむりに落ちました。

3

それからの一週間を、ミンティーおばさんはとても大変《たいへん》な思いですごしました。おばさんには、おぼえたり学んだりしなければならないことが山のようにありました。ネリーの金文字の決まりをなにひとつ知らないせいで、しょっちゅうネリーにわめきちらされたり、にらまれたり、わんわん大泣《おおな》きされたりしました。

ネリーの決まりだけではありません。おばさんは子どものことを、ほとんどなにも知りませんでした。

「わすれちゃっただけかもしれないけどね」オリヴィアは、おばさんのいないところでネリーにいいました。「だって、父《とう》さんのお世話をしたことはあるんだもの。そういってたよ」

「おばちゃんには、子どもがいないのかな」

「結婚《けっこん》したことがないのよ。おばさんはね、オールドミスなの」オリヴィアはためらいもせず、ずけずけといいました。

「だから、どうすればいいのか、よくわからないのかな」ネリーはこの家にきてはじめて、ミンティーおばさんを思いやるような口調でいいました。

でもオリヴィアは、母《かあ》さんが気にいらない人のことをいうときの口ぐせをまねて、きっぱりいいました。

「もっと常識《じょうしき》があるといいのにねえ」

オリヴィアは、これまでミンティーおばさんがやったことを考えると、同情《どうじょう》する気にはなれないのです。たとえばですが、おばさんは夕食の席《せき》で、肉を切るようにといって先のするどいナイフをネリーにわたしました。オリヴィアがすぐにとりあげたからよかったものの、ネリーはあやうく指をさしてけがをするところでした。

それにおばさんは、ネリーに時間をたずねます。しかもおかしなことに、ネリーの答えをうのみにしました。ついにオリヴィアはおばさんにいいました。

「五歳《さい》の子は、まだ時計が読めないのよ」

ネリーはネリーで、これを聞くと、とまどった顔をしました。おばさんに時間を教えるとうなずいてくれるので、もしかしたら自分は時計が読めるようになったのでは、と思いはじめていたからです。

おばさんは、さらにこんなあぶなっかしいことも口にしました。ある日の午後、ふたりに、

「アイスキャンディーを買ってらっしゃいな」といったのです。店へいくには、車の多い道を二十分以上《いじょう》も歩かなければなりません。もちろん歩道はありますが……。

「わたしたち、まだ子どもだから、そんな遠くへ自分たちだけで歩いていっちゃいけないの。父《とう》さんが聞いたら、怒《おこ》るかもしれない」

オリヴィアがそういうと、おばさんは、おどろいた顔をしました。

「あなたたち、とてもおりこうさんだし、しっかりしてるじゃないの」

「それはそうだけど、なにがおこるかわからないでしょ。むかしとはちがうの。だからね、おばさんが子どものころは安全だったかもしれないけど……」

するとミンティーおばさんは深くうなずき、そのとおりだといいました。

「歩いて店にいけだなんて、まったくわたしときたら、とんだことを考えついたもんですよ。おつぎはなにをいいだすやら、だわね」

「車で連《つ》れてってあげましょうか、っていえば？」オレンジ味のアイスキャンディーに目がないネリーがいいました。

「そうね、じゃあ、いっしょにいきましょう」おばさんはそういうと、すぐに車をだしてくれました。

おばさんは、本当はとても思いやりのあるやさしい人でした。おばさんは、うっかりまちがってはそれを自分のせいにして、あやまってばかりいました。父《とう》さんや、これまでめんどうをみてくれたベビーシッターたちとはおおちがい。父《とう》さんたちはあやまるどころか、逆《ぎゃく》にあきれるほど、もうれつに腹《はら》をたてました。

おばさんにきびしい目をむけていたオリヴィアですが、気持ちはすこしずつやわらいでいきました。

この家にきて二週間目のある日、オリヴィアは、ネリーの顔をちらっと見ていいました。

「おばさんったら、友だちをつくれってしつこいよね。ちっともあきらめないんだから」

「友だちなんか、いらない。あたしのぬいぐるみだって、そういってるもん」ネリーがいいました。

「うん、わかってる」オリヴィアは庭の奥《おく》へ目をやると、小さくためいきをつきました。

このごろふたりは、よく庭におりるようになりました。おばさんのほうは、かごと木鋏《きばさみ》を持って庭をゆっくり歩きまわり、花になにかささやきかけたり、目についた枝《えだ》や草をパチンパチン切ったりしていました。でも木の形を整えたり刈《か》りこんだりしているとは、とてもいえませんでした。庭のようすは、たいして変《か》わらないからです。いくらむかしは名の通った園芸家《えんげいか》であったとしても、草花がのびほうだいの花壇《かだん》は、もはや小柄《こがら》なミンティーおばさんがたったひとりで美しくできるような代物《しろもの》ではありません。

はじめオリヴィアとネリーは、草や葉がしげってからみあう庭がいやで、足を踏《ふ》みいれる気にはなれませんでした。そこで、ポーチでパズルを解《と》いたり、絵を描《か》いたり、ダイヤモンドゲームをしたり、家の押入《おしい》れや棚《たな》に何百冊《さつ》とつめこまれたミンティーおばさんの古い本を読んだりしてすごしました。それからだんだんと庭で遊ぶようになったのです。

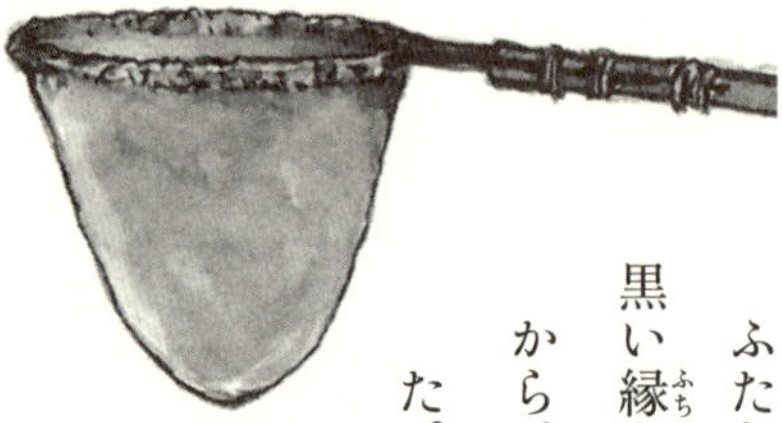

ふたりはポーチの大型収納箱《おおがたしゅうのうばこ》にしまってあった古い虫《むし》とり網《あみ》で、オレンジ色の羽に黒い縁《ふち》どりのあるオオカバマダラをつかまえました。ただあんまりあばれるものですから、すぐにはなしてやりました。四つ葉のクローバーがないかとさがしてみました。でも、ひとつも見つかりませんでした。庭の奥《おく》の石壁《いしかべ》に、からっぽのスズメバチの巣《す》があったのでのぞいてみると、奥《おく》のほうに、ひげのはえたネズミの鼻先がありました。ハチのかわりにすんでいた小さな生き物は、勇《いさ》ましくたたかう覚悟《かくご》でいるようでした。

　こうして遊ぶうちに、ネリーは日ごとのおでかけのつもりで、ぬいぐるみをいくつか庭の草の上におろすようにもなりました。

「この子たち、ちっとも外にだしてやらなかったから……かおいろがわるいの」

　ネリーはそういうと、ことばを正しくつかえたかどうか知ろうとして、姉の表情《ひょうじょう》をうかがいました。でもネリーのことばは、その耳に

はとどいていませんでした。オリヴィアは、まるで心が体をはなれていってしまったように、ぼうっと宙《ちゅう》をながめています。

こういうオリヴィアに気づくと、ミンティーおばさんはきまって、「お友だちを家によびましょうね」といいだしました。お友だちというのはつまり、いっしょに遊べるお客さんという意味です。

たとえば家の前の道をすこしいった先に、子どもがふたりいました。おばさんはなにかしら機会《きかい》を見つけては、オリヴィアとネリーをこの子たちに会わせようとしました。上の女の子は十歳《さい》で、弟のほうはネリーとおなじくらいの年です。姉はジル、弟はレオという名前でした。両親がはたらいているため、昼間は、保育《ほいく》をきちんと勉強して子どもの扱《あつか》いになれたベビーシッターが、ふたりのめんどうをみていました。それを知ったオリヴィアは、「かわいそうな子たちだね」と、こっそりネリーにささやきました。

ジルとレオは午後になると、近くのプールによく泳ぎにいっているということでした。そこには、ほかの子どもたちもたくさんやってきます。監視人《かんしにん》もちゃんといました。

「よかったら連《つ》れていってあげますよ」

おばさんはそういいましたが、オリヴィアはことわりました。

「ううん、いいの。ネリーは泳げないから。水にはいるのが、いやなんだって」

それでもおばさんは、あきらめませんでした。

「じゃあ、ひとりでいったらどう。ね、いきたいでしょ？　気分転換《きぶんてんかん》になりますよ」

するとネリーがいいました。「だめ。あたしがいかないんだから」

オリヴィアも首を横にふりました。「そうなの。ネリーをおいてはいけないの」

それならば、とおばさんは次の手を考えました。

図書館でたまたま知りあった人の子どもはどうでしょう。オリヴィアよりすこし年上の十一歳《さい》くらいの女の子です。チョウの標本作《ひょうほんづく》りが趣味《しゅみ》だということでした。

「その子の名前ね、アラベラというんですって。すてきな名前だと思わない？　お昼ごはんによんだらどうかしら」ある日の朝食の席《せき》で、おばさんはとびきりにこやかにいいました。

それからおばさんは別《べつ》の朝、家の前の道を自転車でゆっくり通りすぎるふたりの男の子が、なにやら関心《かんしん》ありそうにこちらをのぞいていたときには、こういいました。

「あの子たち、きっと庭が見たいのよ。むかしこの家には作家が住んでいてね、この庭を舞台《ぶたい》にした作品をいくつか書いているの。そのことをどこかで耳にしたんだわ。ねえ、ちょっと声をかけてみましょうよ」

でもふたりは、おばさんになにをいわれても、「いやだ」としか答えませんでした。オリヴィアは、たまに残念《ざんねん》そうな顔を見せることもありましたが、ネリーは、いつでもがんこに反対しました。


ネリーはその日も、お友だちをよぼうと持ちかけてきたおばさんにむかっていいました。

「お庭は、もういっぱいだもん。だから、だめ」

草の上にはぬいぐるみたちが輪《わ》になってすわり、まるでおしゃべりを楽しんでいるようです。

「それにわたしたち、いまいそがしいから」オリヴィアもネリーに調子をあわせました。

「じゃあ来週ならどうかしら」おばさんは、たたみかけるようにいいました。「だれかよんで、オレンジ味のアイスキャンディーをごちそうしてあげましょうよ」

おばさんは、わざとネリーの好《す》きな食べ物のことをもちだしてきました。でも、あまりに見えすいていて、ふたりは返事をする気にもなれませんでした。

「おばちゃんって、あたしのこと赤ちゃんだと思っているんだね。あんなふうにいうなんて」と、ネリーはあとで文句《もんく》をいいました。

「ほーんと。友だち、友だちって、うるさくていやになっちゃう」オリヴィアはいいました。

「だからね、ひとりだけよんでもいいってことにしてあげない？　一度だけよ。それでもう、しつこくいわなくなるんじゃないかなあ」

「だめ」ネリーはいいました。「ぬいぐるみが、仲間《なかま》はずれにされたって思うかもしれないから」

「どうして。いまみたいに、いっしょにお庭にいればいいじゃない」

「でも……みんなで遊んでるうちに、ぬいぐるみがいるなんてこと、わすれちゃうかもしれないでしょ。この子たちは、ほったらかしにされるのが、大きらいなの」ネリーは話しているうちに、だんだん心配そうな顔つきになり、そわそわしはじめました。そこでオリヴィアはそばへいって、草の上にならんで腰《こし》をおろしました。

「ごめんね。だいじょうぶよ。ぜったいだれも家にこさせたりしないよう、おばさんによくいっておくから。おばさんは、こまった人になっちゃったね。ぬいぐるみたちのことはネリーのいうとおりよ。仲間《なかま》はずれにされるのは、いやよね」

「うん、そうだよ。あたし、まちがったこと、いわないもん」ネリーの声はふるえていました。目にはなみだがじわっとうかび、いまにもこぼれおちそうです。

「ほかの人は、いらないよね。そうだよね」ネリーはオリヴィアにだきつきました。「おねえちゃんにはあたし、あたしにはおねえちゃんがいれば、それでいいんだよね。だったらどっちも仲間《なかま》はずれにならないもん」

あふれだしたなみだが、ネリーのほおを伝《つた》って流れました。オリヴィアは、こういうとき父《とう》さんがしてくれるように、ネリーのことをぎゅっとだきしめました。

「心配しないで、ネリー。わたしたち、いつもふたりいっしょよ」オリヴィアは、ささやくようにいいました。

4

ミンティーおばさんは、古くてぼろぼろの麦《むぎ》わら帽子《ぼうし》を、ほとんど一日じゅうかぶっています。もとは庭仕事をするときの帽子《ぼうし》ですが、おばさんはこれをかぶったまま料理《りょうり》や洗《あら》いものをし、ぬいものをし、新聞を読み、店にいって買い物をしました。ネリーとオリヴィアは、いまではすっかりおばさんの帽子姿《ぼうしすがた》になれました。

おばさんは一度、歯医者さんにもかぶっていって、そのまま治療《ちりょう》用《よう》の椅子《いす》にすわろうとしたことがありました。そのときはさすがに帽子《ぼうし》をぬぐよう、お医者さんにいわれてしまいました。

やだ、おばさんったら、ばっかみたい。待合室にいたオリヴィアは、きまりがわるくなり、連《つ》れだとわからないように、はなれた席《せき》へうつりました。

オリヴィアは母《かあ》さんのことを思いだしました。頭がよくて、きれいだった母《かあ》さん。人の目のあるところで、どうふるまえばいいか、ちゃんとわかっていた。母《かあ》さんだったら、ぜったい、あんなへんてこりんな帽子《ぼうし》をかぶって外にでたりしない……。

でもネリーは平気な顔でおばさんの帽子《ぼうし》をあずかり、きちんとひざの上におきました。

治療《ちりょう》がおわると、おばさんはネリーにお礼をいって帽子《ぼうし》をうけとりました。

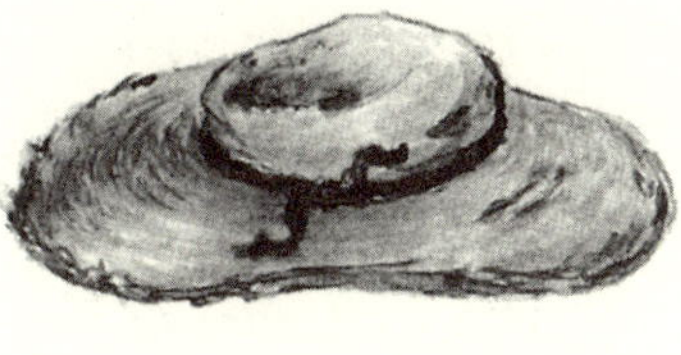

「これをかぶっていないと、まともに考えることができないの。本当なんですよ」
おばさんは麦《むぎ》わら帽子《ぼうし》を頭にのせ、てっぺんをポンポンたたいて目深《まぶか》にかぶりました。オリヴィアはそれに気づくと、またしてもばっかみたいと眉《まゆ》をひそめて、おばさんをにらみました。
ある朝のことです。ふだんどおり麦《むぎ》わら帽子《ぼうし》をかぶって台所にあらわれたミンティーおばさんを見て、オリヴィアとネリーは、なにかあったのかといぶかりました。帽子《ぼうし》がいつもより形くずれし、ひしゃげています。いそいでかぶったか、それでなければ前の晩《ばん》、かぶったまま寝《ね》てしまったのかもしれません。でもおばさんは、おいしいパンケーキとソーセージの朝ごはんをちゃんと用意してくれました。それに、大きな落《お》とし穴《あな》がいくつか口をひらきかけたことを察《さつ》して、ネリーのパンケーキを小さく切ってやったり、フォークをつかって食べさせたりするまちがいをおかすこともありませんでした。

実をいえばミンティーおばさんには、気にかかることがあったのです。ついにおばさんは洗《あら》いものの手をとめて子どもたちのほうをふりむき、スツールにこしかけると、いつものようなためらいがちの小さな声でいいました。

「ねえ、このあと庭にでて、ちょっとさがしものをしたいんだけど、てつだってもらえないかしら。貴婦人《きふじん》の上靴《うわぐつ》がどこかにいってしまったのよ」

「だれかが庭にわすれていったの？」ネリーが聞きました。

「おばさんがいったのは、たぶんお花のことよ」オリヴィアが教えてやりました。

「そのとおり」おばさんはあいづちをうつとネリーにむかって、「おねえさんは、お庭のことにくわしいみたいね」といいました。

「おねえちゃんは、なんでも知ってるよ」とネリーはいいました。「本を読むとね、なかみをおぼえちゃうの。それにね、本に書いてあったことや、いままでおきたことを、ぜーんぶ思いだせるんだよ。ないしょの話も知ってるよ。こっそり聞いてるから」

「そんなこと、してるわけないでしょ」オリヴィアは顔を赤らめ、それ以上《いじょう》しゃべるなというようにネリーのことをにらみつけました。

「うそ！　してるもん」

「もうっ、ふざけないでよ」オリヴィアは、妹がばかなことをいっているんだとわからせたくて、ネリーの頭ごしにおばさんと目をあわせようとしました。

「ほんとだもん。ほんとだもん」ネリーがわめくと、おばさんのほおがぴくりとひきつりました。「こそこそ人の話を聞く子だって思われたらはずかしいから、かくしてるんだよ」

「そうねえ……」

ミンティーおばさんはちらっとオリヴィアを見ると、洗《あら》いもののとちゅうでしたが、これからすぐ庭にでて上靴《うわぐつ》をさがそうといいました。三人はスツールからおりてポーチのドアにむかいましたが、ネリーにあんなふうに秘密《ひみつ》をばらされたオリヴィアの心臓《しんぞう》はどきどきして、いつまでもおさまりそうにありません。ところがミンティーおばさんは、なにもいいませんでした。どうやら貴婦人《きふじん》の上靴《うわぐつ》をさがすほうに気をとられているようです。

「とても小さな花だから、見のがしやすいんですよ」おばさんは、ポーチの階段《かいだん》をおりながらいいました。「たいていは石のベンチのあたりにむらがって咲《さ》いているの。でもね、あの上靴《うわぐつ》は人の目がないときに、どこへでもいってしまうのよ」

「どうしてそんなことができるの」ネリーは、いつものように階段《かいだん》を後ろむきにおりながら聞きました。

「さあねえ、わからないけど、ただ居場所《いばしょ》を変《か》えるの。それが庭の不思議《ふしぎ》なところ」おばさんはそういってから、「いいバランス感覚《かんかく》ねえ。うらやましい。わたしがそんなことをやろうものなら、ころんで首の骨《ほね》をおってしまうのがいいとこよ」と、ことばをつづけました。

「ネリーは、ああやっておりなきゃならないの。金文字で書かれた決まりなんだから」オリヴィアが、念《ねん》をおすようにいいました。

するとミンティーおばさんは、自分の大切な決まりは前をむいて歩くことだ、といいました。つまさきを前にだしながら、目をしっかり見ひらいて注意するの。後ろむきに歩いてくる人にぶつからないようにね。

とたんにオリヴィアは、ふきだしてしまいました。ミンティーおばさんが、こんなおかしな冗談《じょうだん》をいうなんて。でもネリーには、とても冗談《じょうだん》には聞こえませんでした。オリヴィアとおばさんが顔を見あわせてにこにこしているのが目にはいると、そっぽをむいて庭に足を踏《ふ》みいれました。

「あらあら、夜のあいだにアヤメが咲《さ》きましたよ」おばさんは麦《むぎ》わら帽子《ぼうし》の中に髪《かみ》の毛《け》をおしこみながらいいました。

「どこ」オリヴィアがたずねました。

おばさんは、すぐには答えませんでした。立ちどまったまま自分の髪《かみ》の毛《け》にかまけています。おばさんの髪《かみ》は年齢《ねんれい》のわりにずいぶんこしがあり、すぐに帽子《ぼうし》の穴《あな》から勢《いきお》いよくとびだしてきます。

「あそこですよ」おばさんはようやく口をひらくと、芝生《しばふ》のむこうにある花壇《かだん》を指さしました。その花壇《かだん》には、まわりよりいちだんと草がぼうぼうしげっています。草のあいだからはアヤメの緑色の茎《くき》が三本、ネリーの背丈《せたけ》ほどにつきだしていて、それぞれに大きな青い花をつけていました。

アヤメの花は、とてもあざやかな色をしています。なんの手入れもされていない庭に、どうしてこうもみごとに咲《さ》くのでしょう。オリヴィアは感激《かんげき》して思わず声をあげました。

「うわあ、きれい」

ミンティーおばさんはオリヴィアのことばにうなずくと、眉《まゆ》を意味ありげに持ちあげていいました。

「不思議《ふしぎ》でしょう。きのう、そばを通りかかったら、花の子どもたちがね、ひそひそ話をしていたんですよ。『時がきた』といっていましたよ」

オリヴィアはにっこりすると、おばさんにならって意味ありげに眉《まゆ》を持ちあげてみせようとしました。そのときです。前を歩いていたネリーがはっとしたように立ちどまり、ふりかえりました。

「花の子どもたちって、だれのこと」ネリーは大声でいいました。

「だれって、妖精《ようせい》のことですよ。たぶん妖精《ようせい》っていうんだと思うけど」おばさんは答えました。

「この庭に住んでいて、あれこれ世話をやいてくれているの。まあ、見てのとおり、あんまりきれいずきな庭師《にわし》じゃないみたいだけど……草木を育てるのだけはうまいわねえ」

「気にしないで、ネリー。うそっこなんだから」オリヴィアは妹が急に顔をこわばらせたのを見て、ことばをかけてやりました。「わたしたち、ただ想像《そうぞう》しているだけなのよ。きっとおばさんは、どこかでそんな話を聞いたのね」

「ええ、そうそう。ずうっとむかしにね」おばさんもいっしょになっていいました。

「やっぱりね。そんな子は本当にはいないんだって、知ってたもん」ネリーは、明らかにほっとしたようすでいいました。

オリヴィアはいそいで妹のそばへいくと肩《かた》に手をまわし、いっしょに庭を歩きました。おばさんは、あとからゆっくりついてきます。オリヴィアは、ネリーの肩《かた》にまわした腕《うで》ごしにおばさんの顔を見やりました。

おばさん、気《き》の毒《どく》だな。わたしがいなかったら、きっと途方《とほう》にくれるだろうな。

貴婦人《きふじん》の上靴《うわぐつ》とよばれるレディー・スリッパは、すっとのびたかぼそい草花です。あまり大きくはないので、四つんばいになって土の上をはいまわらないと、見つけることができません。ミンティーおばさんは本にのっていた写真を指さして、どういうものをさがせばいいか教えてくれました。本当にその花は、妖精《ようせい》の王女さまがはいていてもおかしくないような形をしています。色は白くて、やわらかそうで、足をいれるところは暗い赤色です。オリヴィアとネリーがやっとのことで二本さがしだし、息がつまるほどしげった雑草《ざっそう》をわしづかみにしてぬいていると、下生《したば》えのむこうからおばさんの声が聞こえてきました。

「あら、ちょっとこれをごらんなさいな」

「なに?」ネリーは、びくっとして悲鳴のような声をあげました。レディー・スリッパを夢中《むちゅう》でさがしていたネリーは神経《しんけい》が高ぶってしまい、どこの茂《しげ》みにも妖精《ようせい》の王女さまの姿《すがた》が見えそうになっていました。

帽子《ぼうし》をかぶったおばさんの頭が、緑の葉っぱのあいだからあらわれました。おばさんは、これを見て、というように小さなティーカップをかかげています。それは土にまみれていましたが、よごれをぬぐうと、陶器《とうき》のとても美しい青色がのぞきました。カップの部分はチューリップのような形をしていて、細い持ち手はくるんと曲がっています。おままごとの家においてあるような、かわいらしいものでした。

オリヴィアは、こわれやすそうなティーカップを手にとりました。

「不思議《ふしぎ》ね、どこも割《わ》れてない。どうしてこの庭に埋《う》まってたのかな」

おばさんは、わからないというように首をふっていいました。

「古い庭では、ときどきこういうことがおこるんですよ。だれかが落としてなくしたものが、何年もたってからとつぜん姿《すがた》をあらわす。どこからともなく、昼の光の中へね」

「どれくらい前のものなのかな」オリヴィアはネリーにティーカップをわたしながら、おばさんにたずねました。

「さあ、わからないわねえ。この家に七十年住んでいるけど、庭はもっと前からあったわけだし。これまでだって、いろんなものを見つけましたよ。お皿のかけら、古いフォークやスプーン、ボタン、イヤリング、ビー玉、折《お》りたたみ式《しき》のナイフ……。なんでもあったわ。そのどれもがひとつじゃないの。犬の首輪《くびわ》もでてきたわねえ。金具がついていて、それに名前がきざんであった」

「なんていう名前」ネリーがたずねました。

「えーっとねえ、」おばさんはそういうと、ぎしぎし音をたてそうなひざをかばいながら、ゆっくり立ちあがりました。そして、ひざこぞうをさすりながらいいました。「バウンドレス……だったかしら。いえ、ちがう。バウンダー……そうそう、それよ。首輪《くびわ》は家のどこかに、まだあるはずですよ」

「その犬、このお庭に埋《う》められたの？」ネリーが、小さな声で聞きました。

「さあ、どうかしら。下生《したば》えをくぐりぬけてるときに、枝《えだ》に首輪《くびわ》をひっかけて、落としてしまったんじゃないかしら。ねえ？」

「うん、そうだね」ネリーは低《ひく》い声でいってうなずきました。そしておばさんにいわれて小さなティーカップをポーチまで持っていくと、段々《だんだん》の上にそっとおきました。

「古い庭で見つけたものは、とっておくんですよ」おばさんはいいました。「でてきたからには、なにか理由がある。どうもそうらしいの」

まもなく、オリヴィアとネリーは庭をはいまわるのにあきて、や

めてしまいたくなりました。ところがおばさんは、もうすこしがんばってレディー・スリッパをさがそうといいはりました。

「ほったらかしにしていると、あの花ががっかりして、庭から消えてやれなんて考えてしまうかもしれないから」

そこでふたりはこころよくうなずくと、お昼どきまでレディー・スリッパをさがしました。頭の上までのびた雑草《ざっそう》やつるが葉っぱのトンネルをつくる庭をはいまわるうち、もっとたくさん咲《さ》いている場所がいくつか見つかりました。おばさんのほうは、とうとうひざがもたなくなったので、ぶらぶら歩きながら、まるで子どもたちを追いたてるように、ふたりのまわりの枝《えだ》や雑草《ざっそう》を木鋏《きばさみ》でパチパチ切っていました。

おばさんはときどき、ほかにもなにか発見しては、「あらあら、これはなんでしょう」といって見せてくれました。その朝、土から顔をだしたばかりのルピナスの芽《め》は指の先ほどにのびていて、小さな葉が扇風機《せんぷうき》の羽根のようにひらいていました。オニゲシはしげったメヒシバをおしのけるように力強く茎《くき》をのばし、ピンク色の紙でできたような花を咲《さ》かせています。カタツムリや、ぬめぬめした灰色《はいいろ》のナメクジを見つけると、おばさんは指でつまみ、「立ち入り禁止《きんし》！」とさけんで、生垣《いけがき》のむこうへ放りなげました。

「ミンティーおばちゃん、ちゃんと大きい声がだせるんだね」あとでネリーがオリヴィアにいいました。

「本当ね。ひそひそ声でしゃべる、おとなしい人じゃないんだね」オリヴィアもいいました。

でもおばさんが大きな声をだせる人だということが、いいことなのかどうか、オリヴィアにはよくわかりませんでした。

5

ミンティーおばさんが庭で青いティーカップを発見して間《ま》もなく、今度はオリヴィアが家の中で、偶然《ぐうぜん》ある本を見つけました。なんともするどい目です。

こと本に関《かん》してはネリーのいったとおりでした。オリヴィアは本が大好《だいす》きで熱心《ねっしん》に読み、どういうわけだか書いてあることは細かいことまで、すべておぼえてしまいます。たいていのおとなよりも早いスピードで、あっという間《ま》に読みおえるため、手もとにかならず新しい本を何《なん》冊《さつ》かおいておくことに苦労《くろう》しました。でも一冊《さつ》しかなくて、おなじものを一日三回読むことになっても、それはそれでちっともかまいませんでした。

けれどもとてもよいことに、おばさんの家は本の宝《たから》の山でした。図書館に毎週でかけていって何冊《なんさつ》も借《か》り、重いのをうんうん持ちかえったりしなくても、押入《おしい》れは大型本《おおがたぼん》で埋《う》まっていたし、居間《いま》の壁《かべ》という壁《かべ》に本棚《ほんだな》がしつらえてありました。また、二階に三部屋《へや》ある寝室《しんしつ》のそれぞれにも本棚《ほんだな》がおいてあり、つめこまれた本でギシギシうめき声をあげていました。それだけではありません。本は屋根裏部屋《やねうらべや》の床《ゆか》のあちこちにも山とつまれていました。屋根裏部屋《やねうらべや》はうす暗く、ほこりっぽいこともあって、まるで月の世界のようでした。

「どうして、こんなにたくさんあるの」オリヴィアは、おばさんに聞いてみました。

ぜんぶもらった、ということでした。兄《にい》さんたち、姉《ねえ》さんたち、いとこたち、おじさんのひとり、とくに仲《なか》のよかった友人ふたり……。その人たちが亡《な》くなる前にくれたのだそうです。本が大好《だいす》きで読書に親しんでいた人たちが、いまでは本のない世界にいる。それは、すこし気《き》の毒《どく》ではありましたが、自分たちの本を大切に扱《あつか》ってくれるミンティーおばさんがいて、すこしは慰《なぐさ》められているでしょう。

「おかしいかもしれないけどねえ、うちにある本を一冊《さつ》でもよそにやってしまおうなんて気は、おこらなかったんですよ」おばさんはいいました。

「よかったね」とネリーがいいました。「そんなことしたら死んだ人たちが幽霊《ゆうれい》になって、でてきたかもしれないもん」

だれのものだったかはともかく、おばさんがたくさんの本をゆずりうけたおかげで、オリヴィアは読むものに不自由《ふじゆう》することはありませんでした。

そして、おばさんの寝室《しんしつ》にある本棚《ほんだな》の本を手当たりしだい読んでいるときに、偶然《ぐうぜん》その本を見つけたのです。オリヴィアはなかのひとつの物語を読んで、はっとしました。舞台《ぶたい》となっている庭が、この家の庭にとてもよく似《に》ています。どうにも気になって仕方がないので、オリヴィアは本をおばさんに見せました。

「あら、それ。あの作家が書いたものですよ」おばさんはいいました。

「あの作家って？」

「この家に、ずうっとむかし、作家が住んでいたって話したでしょう。エリス・ベルウェザーという名前なの。その人が有名だったころ書いた本の一冊《さつ》だわね」おばさんは、そこでためいきをつきました。「子どもはだれでもベルウェザーという名前を知っていて、この作家の本をよく読んだものですよ。わたしもよ。でもいまでは、ことばづかいが古くさいといって、だれも興味《きようみ》をもたなくなってしまったわ」

どうやら物語の庭は、本当にこの家の庭のようです。オリヴィアは本を自分の部屋《へや》に持っていくと、最初《さいしよ》から読みかえしました。ことばはたしかにむずかしかったし、なかみは少々たいくつでした。どれも、いたずらエルフや魔法《まほう》の小川や、人間を石に変《か》えてしまう呪文《じゆもん》などがでてくるおとぎばなしでした。

ところで、庭が舞台《ぶたい》のこの物語の出だしというのは、こうでした。

〈むかしむかし、あるところに、馬のかなぐつの形をした、古くて美しい庭がありました……〉

「ネリー、ちょっときて。これ読んであげる」オリヴィアはネリーに声をかけました。

「あとでね。ぬいぐるみたち、すっごくつかれちゃったから、お昼寝《ひるね》させるの」

「じゃ、みんなを寝《ね》かしつけたら、おいで。ポーチにいるからね」

「どうしても聞かなくちゃだめ？　いそがしいんだけどなあ」

「だめ。どうしてもよ」オリヴィアがぴしゃっというと、ネリーはおどろいたように顔をあげました。

花になった子どもたち

むかしむかし、あるところに、馬のかなぐつの形をした、古くて美しい庭がありました。庭の奥《おく》には腰《こし》かけを組みこんだ石造《いしづく》りの壁《かべ》があり、色あざやかな花が咲《さ》きみだれる花壇《かだん》には、小鳥や小さな生き物がたえず遊びにきていました。その庭は、なんともいえず楽しい場所でした。人びとは、親しい友人同士《どうし》でやってきては静《しず》かに語りあったり、おおぜいでやってきては誕生《たんじょう》日《び》のパーティーをひらいたりしました。

ある夜、全身緑色をした、ひねくれもののふきげんな妖精《ようせい》たちが人知れず庭に迷《まよ》いこんできて、そのまま背《せ》の高い生垣《いけがき》に居《い》つきました。目に見えないものたちというのは、たいていまわりからひどい仕打ちをうけるものです。このひねくれものたちも御多分《ごたぶん》にもれず、どこへいってもしいたげられ、つらい生活を送っていました。

あくる朝、目をさました緑の妖精《ようせい》たちは、まわりを見てぞっとしました。自分たちのいる庭がとても明るくて美しく、いかにも満《み》ちたりたようすをしていたからです。

庭の青いアヤメの花は、ふつうの二倍の大きさがありました。大自然《だいしぜん》の神をうやまう気持ちなどまるで感じられない、あきれるほど無礼《ぶれい》なふるまいようです。六月に咲《さ》くバラのずうずうしいことといったら、どうでしょう。春のあけぼのよりも色が濃《こ》く、いつまでも色あせそうにありません。生垣《いけがき》の下のスミレといえば、少女のようにはにかんで日陰《ひかげ》にひかえているはずなのに、ひなたのあたりまでしゃしゃりでてきているし、ふつうなら地面をはうようにのびるハゴロモグサなどは、あつかましいほど上へのびあがり、まるで泡《あわ》をふいたように小さな黄緑色の花をたくさんつけていました。

「なんだこれは。とんでもない庭だ」妖精《ようせい》のかしらがいうと、仲間《なかま》たちもうなずきました。この妖精《ようせい》たちは、自立心だとか元気いっぱいの心などというものをきらっていて、どんなところであれ、楽しい場所を良《よ》しとしていませんでした。なぜなら楽しい場所にこそ、そのような心のあり方が生まれ育つからです。そこで妖精《ようせい》たちは、この美しい庭をだいなしにしてやろうとたくらみました。

妖精《ようせい》たちは緑色の目にうらみをこめ、茎《くき》や根を枯《か》らして花をしぼませる呪文《じゅもん》をあみだしました。それだけではありません。雑草《ざっそう》と手を組み、地面をはう草花の行く手をさえぎるようそそのかしました。芽《め》をだしたばかりのルピナスには湿《しめ》ったカエデの落ち葉をかぶせ、息の根をとめてやろうとしました。また、庭に黒ずんだナメクジを呼《よ》びこむと、うまくいいくるめて味方につけ、新芽《しんめ》という新芽《しんめ》がなくなるまで毎晩《まいばん》よっぴてむさぼり食うよういいつけもしました。

どんな庭でもこのようにひれつな攻撃《こうげき》をうけたら、すぐに荒《あ》れはててしまうでしょう。ところが馬のかなぐつの形をした、この大きくて楽しげな庭は、まことに明るく困難《こんなん》をのりこえていったのです。花たちは、果実《かじつ》や葉から特別《とくべつ》な精油《せいゆ》を調合すると、力をひとつにしてナメクジの夜ごとの攻撃《こうげき》から身を守りました。魔力《まりょく》のおよばない場所でひそかに育ち、自分たちを弱らせるまじないに打ち勝ちました。地中に根をはって水をすいきり、雑草《ざっそう》を枯《か》らしもしました。また、芽《め》をだしたばかりのルピナスにかぶさっていたカエデの葉はとりのぞき、幼《おさな》いルピナスがわれとわが身を守れるほど大きくなるまで、四六時中《しろくじちゅう》、見張《みは》ってやりました。

緑の妖精《ようせい》たちは、かんかんになりました。花が知恵《ちえ》をだしあって工夫《くふう》したからです。そればかりか、庭全体が自分たちのかけたまじないをことごとくしりぞけたので、もうれつに腹《はら》をたてました。そこで高い生垣《いけがき》にもぐりこんでまなじりを決し、緑色の羽が毒々《どくどく》しい紫色《むらさきいろ》に変《か》わるまで悪知恵《わるぢえ》をしぼりましたが、庭をいためつける方法《ほうほう》は、なにひとつ思いつきませんでした。

草花はのびのびと育ち、楽しげな庭は日ごとに美しさを増《ま》していきました。

七月のおわりのことです。

庭でパーティーがひらかれ、子どもたちがおおぜいやってきました。はじめ妖精《ようせい》たちには、なんの集まりなのかよくわかりませんでした。人間の世界と妖精《ようせい》の世界とのさかいには、うす闇《やみ》のとばりがおりていて、小さな妖精《ようせい》たちがあまり人間の目にとまらないのとおなじく、妖精《ようせい》の目にも人間は、まるで霧《きり》の中にぼんやりうかんでいるようにしか見えません。

それでも、うす闇《やみ》のとばりをすかし見ているうち、なにかのパーティーだということがわかりました。テーブルの上にはきれいな青い陶器《とうき》がならび、子どもたちはのんだり食べたり、おしゃべりしたりしています。妖精《ようせい》たちにも見覚《みおぼ》えのある光景《こうけい》でした。自分たちだって、似《に》たような楽しい集まりを持つことがあります。もちろん陽気な気分になど、めったになりませんから、せいぜい五百年に一度くらいでしたが。

パーティーをながめているうち、かしらがとつぜん、にやりとわらいました。ちょうど手もとにあったまじないをつかう、むごい仕打ちを思いついたのです。待ちに待った機会《きかい》が、ようやくやってきたようです。かしらは仲間《なかま》たちをそばへ呼《よ》びよせると、にやにやしながらいいました。

「おれは、いとこから、あるまじないをもらいうけている。あいつは情《なさ》けないやつでな、これをつかう度胸《どきょう》がなかった。だが、おれたちはちがう。まったくちがうさ」

仲間《なかま》が見守るなか、かしらはズボンの後ろポケットに手をいれました。そこには、いつかとんでもない悪事をひきおこしてやろうという下心があって、何百年もしまっておいたまじないがはいっていいます。どこかにすわるたびにおしつぶされ、もはや邪悪《じゃあく》な効《き》き目《め》が失《う》せかけてはいましたが、それはおそろしい〈姿変《すがたが》えの呪《のろ》い〉でした。

そのまじないを見たとたん、妖精《ようせい》たちはおどろきの声をあげてあとずさりました。もっともたちがわるくて非常《ひじょう》に魔力《まりょく》の強い、それゆえ、めったにつかわれることのないものだったからです。

「人間に効《き》くだろうか」ひとりが、きいきい声でいいました。「人間を、なにかほかのものに変《か》えてしまえるだろうか」

「もちろんだ。それも、ひとりだけじゃない。いちどきに、おおぜいの人間に効《き》くぞ」

かしらは庭にいる子どもたちを見やって、またにやにやわらいました。

「おかしら、いったいどうしようとお考えで」妖精《ようせい》たちは声をそろえてたずねました。そこでかしらは、額《ひたい》をよせあっている仲間《なかま》のほうへかがみこむと、ひそひそ声で自分のもくろみを話してきかせました。

いっぽう庭では、パーティーが最高潮《さいこうちょう》に達《たっ》していました。子どもたちはテーブルをはなれ、ゲームをしたり、かけくらべをしたり、宝《たから》さがしをしたりしています。しばらくすると、またTAめいめいの椅子《いす》にもどり、今度はひとロサイズのケーキや、砂糖衣《さとうごろも》のかかったクッキーを食べはじめました。きれいな青い紅茶用《こうちゃよう》ポットにはいったレモンティーは、青いティーカップにそそいでのみます。なにもかもがおいしく、みんなあっという間《ま》にたいらげてしまいました。

ケーキがなくなったのを見て、いちばん年下の女の子が、もっとないかと家にとりにいきました。この子は庭にいただれよりも、人のためを思う親切な子どもでした。

女の子が家にはいった、ちょうどそのときです。妖精《ようせい》のかしらが〈姿変《すがたが》えの呪《のろ》い〉を庭に放りこみました。まじないが、ぎとぎとした雲のようにひろがって庭をつつみこんだとたん、怪《あや》しい力がはたらきました。

ピカッ!

子どもたちがにぎやかに遊び、明るい声に満《み》ちあふれていた庭は、一瞬《いっしゅん》にしてしんと静《しず》まりかえりました。聞こえるのは、咲《さ》きほこる花や草のあいだを吹《ふ》きぬける風のささやきだけです。

それもそのはず、庭にいた子どもたちは、みんな花になっていました。

親切な小さい女の子は、家にいたおかげで、たったひとり〈姿変《すがたが》えの呪《のろ》い〉をまぬがれ、庭でおこったことをポーチの網戸《あみど》ごしに目撃《もくげき》すると、あわてて物陰《ものかげ》へかくれようとしました。けれども、あと一歩というところで、かしらに見つかってしまいました。

かしらは花にならなかった女の子に、別《べつ》のまじないをかけました。目にしたことをだれにも話さないよう、女の子の口をきけなくしたのです。

人びとはそのあと何日もかけて、いなくなった子どもたちをさがしました。かくれているならでてきてほしいと口々にうったえるように呼《よ》びかけましたが、みんなの思いよりも妖精《ようせい》のまじないのほうが、ずっと強い力がありました。子どもたちはいまや、バラ、アヤメ、レディー・スリッパ、ルピナス、デルフィニウム、キスゲ、マツヨイグサ、フランスギク、チューリップとなって、庭の花壇《かだん》に根を生やしていました。

あんなにもしあわせそうだった庭は、とつぜん希望《きぼう》を失《うしな》った陰気《いんき》くさい場所になりました。花になった子どもたちや、その子どもたちをさがす人びとの気持ちを思って、あちこちのアヤ

メが悲しみにくれています。そのアヤメが青い頭をたれ、力なく葉をのばしているのを見ると、妖精《ようせい》たちの心は満《み》たされました。また、もとは子どもだった花たちがいじいじとうつむき、ならずものの雑草《ざっそう》やナメクジと親しくしていると、ここぞとばかりに拍手《はくしゅ》かっさいしました。もちろん花たちはまじないのせいで不本意《ふほんい》ながらそうしていたのですが、緑の妖精《ようせい》たちの気持ちは、これでやっとおさまりました。

「これこそが、まともな庭というものだ」かしらは得意満面《とくいまんめん》になっていいました。

ところで精霊界《せいれいかい》には、おそろしいまじないをかけたら、それがいつの日か解《と》けるように、〈とりけしの魔法《まほう》〉をひとつ用意しなければならない決まりがあります。かしらは、これにも特別《とくべつ》むずかしいことを考えだしました。

「おれのかけたまじないを解《と》こうったって、そうはさせんぞ」かしらは、せせらわらいました。

そしてさらには〈とりけしの魔法《まほう》〉を、あのものいわぬ女の子に教えることにしました。決まりでは、たったひとりに教えればいいことになっているのです。ものいわぬ子は、なにがおこったか、なぜそれがおこったかということはだれにも話すことができませんでしたが、花になった仲良《なかよ》しみんなに会うために、いまも毎日庭にやってきていました。

かしらは背《せ》の高い生垣《いけがき》にひそんで姿《すがた》をかくし、エヘンとせきばらいをすると、ものいわぬ子に聞こえるようにいいました。

「いいか、よく聞け。おれは青い陶器《とうき》のティーカップとポットを持っている。だがかさばるし、こわれやすい。持ちはこびがめんどうなので、この庭に埋《う》めていくことにした。さがしたいなら、好《す》きにしろ。ただし、ひとつやふたつ見つけたくらいではだめだ。万にひとつの運に助けられてティーカップすべてとポットをさがしだし、それをパーティーがはじまる前のようにテーブルにならべることができたら、そのときこそ〈とりけしの魔法《まほう》〉がはたらいて、おれのかけたまじないは解《と》かれるだろう。花になったおまえの友だちは、みんなもとの人間の姿《すがた》にかえるのだ。パーティーが、またはじまるぞ。ちょうどおれらが、じゃまをさせてもらったところからな。ハッハッハ」

かしらは、大きな声であざわらいました。

そしてこのことばのあと、性悪《しょうわる》な緑の妖精《ようせい》たちはほかの場所へ、やがてはほかの世界へととんでいき、もう庭のあたりに姿《すがた》を見せることはありませんでした。

いっぽうものいわぬ子は、ただちに庭にすきをいれはじめました。でも一日じゅうほりかえしても、なにも見つかりません。つぎの朝、女の子はまた庭にやってきました。そのつぎの朝、そしてそのつぎの朝も。

女の子が馬のかなぐつ形の庭をほりかえしつづけて何週間かすぎ、やがて何か月かがたちました。けれども青い陶器《とうき》のティーカップは、とてもうまくかくされていて、どこからもでてきません。青いティーポットの美しい注ぎ口も、土からのぞくことはありませんでした。

花になった子どもたちは妖精《ようせい》のまじないにかかったまま、バラ、アヤメ、レディー・スリッパ、ルピナス、デルフィニウム、キスゲ、マツヨイグサ、フランスギク、チューリップの姿《すがた》で、ずっと庭に咲《さ》いていました。

けれどもこの花たちは、いつまでもまじないの力におされて、ちぢこまっていたりはしませんでした。それどころか、魔力《まりょく》やまじないのあらゆる定めをはねのけてすくすくと育ち、すばらしく大きく、さらにはほかの花の十倍も美しくなりました。

すべては、ものいわぬ子がせっせと花壇《かだん》に手をいれたおかげでした。この子は、ふたたびみんなに会える日がくるのを心から信《しん》じ、雨の日も晴れの日も庭で陶器《とうき》をさがしながら、熊手《くまで》で土をほりおこし、ならし、大きな石をとりのぞきました。ナメクジを庭の外へ放りなげたり、つるをはらったり、枯《か》れた葉を木鋏《きばさみ》で切りおとしたりもしました。

こうしてものいわぬ子は、いつしか植物を育てるときに知っておくべきことをなにもかもおぼえ、ついにひと言も口をきくことはありませんでしたが、やがてはすぐれた腕前《うでまえ》と知恵《ちえ》を持った有名な園芸家《えんげいか》になりました。

ものいわぬ子は妖精《ようせい》のまじないを解《と》くことはできませんでした。でも花の子どもたちのいる庭を、世界じゅうのどこの庭よりも精魂《せいこん》こめて手入れし、多くの人びとに深く愛《あい》される場所にしたのです。

緑の妖精《ようせい》のもくろみは、またもやみごとに失敗《しっぱい》しました。妖精《ようせい》たちは、まさか庭がこのような美しいところになるとは夢《ゆめ》にも思わなかったでしょう。けれども世にはびこる悪にけっして滅《ほろ》びないものがあるように、妖精《ようせい》たちがかけたまじないの力も失《う》せることはありませんでした。〈姿変《すがたが》えの呪《のろ》い〉は、解《と》けずじまいです。それは、今日《こんにち》にいたるまで青い陶器《とうき》が、ひとつたりとも見つかってはいないからなのです。

ネリーは、オリヴィアがこの長い物語を読んでいるあいだ、ちっともじっとしていませんでした。絵があると、のびあがってオリヴィアの肩《かた》ごしに見いり、つまらない箇所《かしょ》、たとえば花の名前がずらずらつづくところでは、ポーチの階段《かいだん》を後ろむきにあがったりおりたりしました。それでもおわりが近づくと、とてもおとなしくなりました。オリヴィアが最後《さいご》の一行を読んで顔をあげると、ネリーがまんまるな目をしてこちらを見ていました。

「青いティーカップ、お庭からでてきたよね」ネリーはいいました。

オリヴィアがうなずくと、またいいました。

「もっとないか、さがしてみようよ。あんなに古いカップが、ひとつ見つかったんだよ。まだほかにもあるかもしれない」

「手だけじゃうまくほれないから、シャベルかなにかがいるわね。たしか、ガレージにしまってあったはず」

「じゃあ、いますぐいって、とってこようよ」ネリーは、ぴょんぴょんとびはねました。

でもオリヴィアはすぐには返事をせず、「おばさんに話しておこうか」とネリーにたずねるようにいいました。けれどなにか思いついたのか、間《ま》をおかずいいました。「ううん、やっぱりあとにしよう。おばさんになにか聞かれたら、庭の雑草《ざっそう》をぬくんだっていおうね」

「うん、それがいいよ！」ネリーはうれしそうな声をあげると、「はやくいこう。はやく、はやく」といいながら、決まりなどわすれたように階段《かいだん》をいっきにかけおりました。

ふたりはミンティーおばさんが最初《さいしょ》にティーカップを発見した場所のまわりを、そっとほりかえしはじめました。しばらくしてオリヴィアがいいました。

「あのね、花になった子どもたちの話は、つくりごとなのよ。本当のことじゃないの。おとぎばなしなんだから」

「どうしてそんなことというの？　本当のことだっていいじゃない」ネリーはいいました。
オリヴィアは肩《かた》をひょいっとすくめてみせただけで、それには答えませんでした。うまい説《せつ》明《めい》を思いつきません。ネリーに理解《りかい》できないことをいって、気持ちをきずつけたくありませんでした。

　でもそのあと、まったく予期せぬことがおこりました。オリヴィアが、花を咲《さ》かせたばかりの立派《りっぱ》なアヤメの、ごつごつした株《かぶ》の近くをほりかえしていたときです。土に深くさしこんだ移植《いしょく》ごての先がなにかに当たりました。石かと思いながらもていねいにまわりの土をどけると、ふたつ目のティーカップが姿《すがた》をあらわしたのです。オリヴィアはそれをつまみあげました。最《さい》初《しょ》のものとそっくりおなじ。青色で、チューリップの花のような形をしています。

　ネリーはうれしそうに、キャッキャッと声をあげました。「やっぱりね。ちゃんとあるってわかってたんだ」といいたげな顔をしています。ネリーにとってティーカップが土の中からでてくることは、不思《ふし》議《ぎ》でもなんでもありません。とてもわくわくすることでした。でもオリヴィアはちがいます。カップを見たとたん、体じゅうがぞくっとし

ました。土の上にぺたんとお尻《しり》を落とし、不安《ふあん》な心持ちであたりをうかがうと、庭じゅうがいつのまにか、しんと静《しず》まりかえっていました。庭に妖精《ようせい》が住んでいるといったミンティーおばさんのことばがよみがえり、真実味をおびてオリヴィアの心にせまってきました。

ふたりはさらに一時間ほどかけて、あちこちほりかえしましたが、もうなにもでてきませんでした。

「あの子たち、きょうはこれだけしかくれないみたい」ネリーがいいました。

「あの子たちって?」

「花になった子どもたち」ネリーは、ひそひそ声でいいました。「おねえちゃんとあたしをてつだってくれてるのよ」

「どうしてそんなふうに思うの?」

「わかんない。なんとなく、そんな気がする……。もしかしたら、おまじないの力が弱くなってきたのかな。お花が子どもたちにもどろうとしてるのかもしれないよ」

「あれは、ただの物語よ」オリヴィアは声をとがらせました。「エリス・ベルウェザーという作家が考えだしたことでしょ」

「ちがうもん」ネリーは声をはりあげました。「おねえちゃんのいってること、すぐにちがうってわかるよ」

ふたりはそのあと移植《いしょく》ごてをガレージにきちんと片《かた》づけると、「あしたも、またないしょでほろうね」と約束《やくそく》しました。

でもあくる日は、どしゃぶりの雨でした。そのつぎの日の日曜日は、おばさんと動物園にいくことになっていました。もし庭に、もっと青いティーカップが埋《う》まっていたとしても――そしてネリーはぜったいにあると信《しん》じていましたが――それがほりだされるまで、花になった子どもたちはもうすこし、しんぼうして待たなければなりませんでした。

6

週に二度、父《とう》さんが電話をしてきました。父《とう》さんは、まずネリー、それからオリヴィアというふうに交互《こうご》に話をし、たまにどちらかが待ちきれないと、いっぺんにふたりと話をしてから、そろそろおばさんに代わってくれないかといいます。

「さ、おまえたちは、もういいだろ。ちょっとミンティーおばさんに用があるんだ」

そういわれたら自分たちの受話器《じゅわき》をおくことになっていました。ネリーは、ちゃんということを聞きます。でもオリヴィアは、いったんはおいた受話器《じゅわき》を、またすばやく持ちあげて耳にあて、こっそりそのあとの話を盗《ぬす》み聞《ぎ》きします。それをしないと事実を知ることができないからです。だれも教えてなんかくれません。これは身をもって学びとったことでした。

母《かあ》さんが病気になったときだって電話で盗《ぬす》み聞《ぎ》きしていなかったら、いったいどうなっているのか、本当のことの半分もわからなかったでしょう。あのころオリヴィアは、さらに夜おそくまでおきていて、階下でかわされる会話にも耳をすましました。母《かあ》さんが病院でうけた検査《けんさ》の結果《けっか》がおもわしくなかったり、母《かあ》さんが不安《ふあん》に思う治療《ちりょう》がこれから行われたりするようなことがあれば、いっしょに聞いて、ちゃんと知っておくことができるからです。もちろん母《かあ》さんには、自分がなにもかも承知《しょうち》していることはかくしていました。そしてよくない話があった翌《よく》朝《あさ》は、それぞれがなにもなかったふりをするのでした。

母《かあ》さんは元気そのものといったそぶりで、いつものように冗談《じょうだん》をふりまいたり、みんながだらけているとお尻《しり》をたたいてまわったりしました。学校からオリヴィアが、そして幼稚園《ようちえん》からネリーが帰ってきたときにベッドに横になって休んでいたとしても、病院にいっていたとか、治療《ちりょう》をうけていたなどとは、ぜったい口にはしませんでした。

オリヴィアも母《かあ》さんにあわせて、なんでもないふうを装《よそお》いました。それはネリーを思いやってのことでもありましたが、母《かあ》さんのためでもあったのです。母《かあ》さんは、『子どもたちふたりがいつも楽しくしあわせですごせますように。わたしの身におこっていることに、なにひとつ気づきませんように』と心の底《そこ》からねがっていました。それがわかっていたオリヴィアは、母《かあ》さんの好《す》きにさせてあげようと決め、自分たちはとてもしあわせだと信《しん》じるようにしていました。

このように母《かあ》さんのことでさんざん盗《ぬす》み聞《ぎ》きしてきたオリヴィアです。いまさらやめることなどできません。こっそり聞いて知っておかないと、どうふるまえばいいかわからなくなる、ただそれだけのことです。こそこそ秘密《ひみつ》をさぐってやろうというのとはちがうのです。ですから父《とう》さんに、「じゃ、おばさんに代わってくれないか」といわれると、いったんは受話器《じゅわき》をおろしますが、すぐさま気づかれないようそっと持ちあげるのでした。

「子どもたち、どうですか」父《とう》さんは、いつも開口一番《かいこういちばん》そういいました。声の調子で、万事うまくいっているという返事が聞きたいのだとわかります。

ミンティーおばさんは、なんの問題もないと伝《つた》えます。

「ネリーは、いうことを聞いていますかね」

「ええ、まあまあね」

「オリヴィアは、どうでしょう」

「小さな母親みたいにネリーのめんどうをみていますよ。でもね、ふたりともだれも家によびたがらないの。これまでも、そんなふうだったのかしら」

父《とう》さんは、「オリヴィアとネリーはとても仲《なか》がいい、それはたしかです」といいました。でもおばさんが知りたいのは、家にいたとき友だちがいたかどうかということです。

「もちろん友だちはいましたよ。きっと新しい場所になれようとしているところで、まだ気恥《きは》ずかしさがのこっているんでしょうね」父《とう》さんは、そんなふうにいいました。

「わかりました。じゃあ、心配するのはよしましょう」

「ところでおばさん、ネリーは、あいかわらず階段《かいだん》を後ろむきにあがっているんでしょうかね」父《とう》さんは、この質問《しつもん》をするときは、いつもクスッとわらいました。

おばさんは、「ええ、そうよ」と答えます。

オリヴィアはこういうやりとりを何度か盗《ぬす》み聞《ぎ》きするうちに、ミンティーおばさんの人柄《ひとがら》が、かなりよくわかってきたような気がしました。おばさんは、ネリーのまわりにできる落《お》とし穴《あな》には、まだ落っこちてしまいますが、いつも自分がわるいとあやまるし、このつぎはこうすればいいと話せば聞いてくれます。実際《じっさい》、この家にきて一か月たつころには、おばさんは勝手なことをしない人だと思えるようになっていました。ですから動物園にいったあくる日の月曜日、朝食の席《せき》でおばさんから、通りのすこし先に住んでいるジルとレオをお昼ごはんによんだというのを聞いて、オリヴィアはめんくらってしまいました。しかも、あと二十分ほどでくるというのです。

「だめよ、その子たちをよんだりしたら」オリヴィアは、あわてました。ネリーも首を横にふりました。

「でも、もう招待《しょうたい》してしまいましたよ」

「どうして先に相談してくれなかったの。わたしたちに聞いてからにするって、いったでしょ」

「そうだったかしら、本当?」おばさんは、にこやかにいいました。

「そうよ」

「ちっともおぼえてないわ。それにね、心配しなくてもいいんですよ。とってもいい子どもたちなんだから。あの子たちだって、ベビーシッターと家にいるのは、あきあきしているはず。たしか友だちがみんな、夏のキャンプにでかけてしまったって」

ネリーは、さっきよりもっとはげしくいやいやをしました。そしておばさんの顔からオリヴィアに視線《しせん》をうつすと、「だれもよばないようおばちゃんにいってくれるって、約束《やくそく》したじゃない」と、いきなりわめきたてました。

「ミンティーおばさん、なんとかならない？」オリヴィアは必死《ひっし》でした。「ぜったい、よくないよ。とくにネリーにはね。その子たちのこと、好《す》きにならないだろうし、その子たちだって、ネリーのこと気にいらないと思う」

「まだ会ってもいないのに、好《す》きもきらいもありません」おばさんは大きな声でいどむようにいいかえしました。ナメクジに、「立ち入り禁止《きんし》！」というときのような口調でした。

「ネリーには、わかるのよ」オリヴィアは、うったえるようにいいました。

「うん、あたし、わかるの」ネリーもいいました。

でもおばさんは、ふたりのいうことをどうしても聞こうとはしませんでした。そればかりか、足もとにとてつもなく大きくて暗い落《お》とし穴《あな》が口をあけはじめていることに、まるっきり気づいていませんでした。

九時になると、車が車寄《くるまよ》せにはいってきました。ジルと五歳《さい》のレオが乗っています。おばさんは、まるで友だちが遊びにきた子どものように、いそいそと迎《むか》えにでていきました。

7

こんなに急な話ではなかったら、その場をうまくきりぬける方法《ほうほう》を考えだすこともできたでしょう。たとえば母《かあ》さんがしていたように、ネリーの目をのぞきこみ、気をつけながら、なにをいちばんおそれているのかゆっくり話を聞いてやるのです。

「いっしょにいてあげるからね」母《かあ》さんなら、きっとそういうでしょう。「心配いらないのよ、ネリー。だいじょうぶ」

でもオリヴィアには時間がありませんでした。それもそのはず、計画をじゃまされまいとしたおばさんが、わざとぎりぎりまでかくしていたからです。おばさんは、お客さんがきてしまえばオリヴィアもネリーもお行儀《ぎょうぎ》よく迎《むか》えるだろうと決めこんでいました。だって女の子ですもの。内心はどうあれ、にっこりほほえんで感じよくふるまうにちがいありませんよ――ミンティーおばさんのように年をとった人なら、そんなふうに考えてもおかしくありません。でも感じよくふるまえといわれたって、どうしてもできないときがあるものです。おばさんには経《けい》験《けん》がないのかもしれませんが、オリヴィアには、ちゃんとわかっていました。

玄関《げんかん》の半びらきになったドアからのぞくと、おばさんがお客さんを迎《むか》えるところが見えました。オリヴィアとネリーはだまったままならんで立ち、おばさんがベビーシッターと握手《あくしゅ》をし、やってきた子どもたちにあふれんばかりの笑顔《えがお》をむけるのをながめていました。おばさんがお客さんを連《つ》れて近づいてくると、オリヴィアは、ネリーとつないだ手をぎゅっとにぎってからはなしました。

あいさつと、おたがいの紹介《しょうかい》がはじまりました。

ジルは背《せ》が高く、背中《せなか》に長いポニーテールをたらしていました。かぜをひいているのか、ときどきはなをすすりました。

「よろしくね、ススッ。ここに住んでるの？　ススッ、空《あ》き家《や》かと思ってた……ああ、なるほどね。おばさんの家に遊びにきてるってわけね。ふーん。ススッ、ススッ」

ベビーシッターが、ジルにちり紙をわたしてからいいました。

「レオがトラックを持ってきたんですけど、よかったでしょうか」

みんながレオに目をやりました。レオは小さいながら、がっしりした体つきをしています。わきに一台ずつ黄色いおもちゃのトラックをはさんでいました。

「こっちがダンプカーで、こっちはショベルカーだよ」レオがいいました。

「車に、あと二台おいてあるんだ」

「そうね。でもいまは、これだけでいいわよね」ベビーシッターがいいました。

ベビーシッターの女の人は、オリヴィアが想像《そうぞう》していたよりも若《わか》い人でした。母《かあ》さんが入院していたころ、かわるがわる自分たちのめんどうをみていた、あの大学生たちと似《に》たような雰囲気《ふんいき》です。こういう人たちは、細かいところに気がつきません。

「あら、いいんですよ。みんな持っておはいりなさいな」おばさんがいいました。「トラックのおもちゃがあったって、かまわないわよね？」

オリヴィアとジルが顔を見あわせました。ふたりとも、どこかそわそわしています。いったいいつになったら、自分たちだけでおしゃべりをはじめることができるのでしょう。形ばかりのおとなのあいさつなど、はやくおわってほしい。オリヴィアには、ジルがそう思っていることがわかりました。そして、よそよそしい顔でとなりに立っているネリーにも。

ネリーは体をこわばらせたまま、オリヴィアから目をはなそうとしませんでした。

「いらっしゃい、ネリー。お庭を案内《あんない》してあげましょうよ」オリヴィアは、よそいきの声でもてなすようにいって妹の手をとろうとしましたが、ネリーは手をにぎりこぶしにしたまま、ひらこうとしませんでした。

「それがいいわ。みなさんをお連《つ》れしてちょうだいな」おばさんがいいました。

そこでみんなは、少々気どったようすで家の中をぞろぞろ歩いて、庭に面したポーチにむかいました。

「ぼくのトラック、かしてあげようか」とちゅうで、レオがネリーにいいました。

「いらない」ネリーは返事をしましたが、目は前を歩く年上の少女たちに釘《くぎ》づけになっています。ジルがたったいまオリヴィアになにかをいい、オリヴィアがそれに対してうなずいたからです。

「ぼくのトラックで遊んでもいいよ。気をつけてくれるんだったら」レオが、またいいました。そのせいでネリーは、ジルがオリヴィアにいったことばを聞きのがしてしまいました。オリヴィアが、ほほえみかえしたというのに。

ネリーはレオにはかまわず前のめりになると、オリヴィアがジルにどう返事をしているのか知ろうとして耳をすましました。水泳がどうのとかプールにいくとか、いっています。

「あとね、車にミキサー車とブルドーザーがあるよ。家に帰ればキャタピラのついたトラクターと、ふつうのトラックと、レッカー車と……」

「ちょっと静《しず》かにして!」ネリーはレオにむかってさけぶと、その体をおしのけ、走ってジルとオリヴィアのあとを追いかけました。

先を歩いていたみんながおどろいてふりかえると、ふいをつかれたレオがたおれ、めそめそ泣《な》きはじめていました。

ミンティーおばさんはぎょっとした顔をすると、ネリーの手首をつかみました。

「どういうこと。なにがあったの」

「レオがぺちゃくちゃおしゃべりばっかりするから、おねえちゃんたちの話がよく聞こえなかったの」

ネリーはそう答えると、今度はオリヴィアにうったえるようにいいました。

「泳ぎにいくって話してたでしょ。でも、おねえちゃんがなんて返事したか、わからなかったんだもん」

「ネリーったら、なんでもないのよ。ただ……」

「うそ、うそ。なんでもなくない」ネリーは心配そうな表情《ひょうじょう》をうかべつつ、かっかと興奮《こうふん》しはじめました。仲間《なかま》はずれになりそうだと敏感《びんかん》に察《さっ》したのです。それがわかったオリヴィアはいそいでそばへいくと、ネリーの手首をぎゅっとにぎっているおばさんの手から妹をひきはなし、わきへ連《つ》れていって二言《ふたこと》三言《みこと》、ことばをかけてやりました。

そのすぐあと、みんなで庭におりて、うわべだけはおだやかに、あちらこちら見てまわりました。けれども、たちまち新たな波がうねりはじめました。

お客さんを裏庭《うらにわ》から台所、階段《かいだん》をあがって寝室《しんしつ》へと案内《あんない》するあいだじゅうずっと、ネリーは年上の少女たちの後ろにぴったりくっついていました。それぱかりか、ふたりの会話にわりこもうとしました。でもふたりがなにを話しているのかよくわからず、かんちがいして、とんちんかんなことをいいました。これではネリーは、まるで幼《おさな》くてなにもわからないおばかさんのようです。こんなことがあっていいはずがありません。ネリーは仕返しをしました。ジルがなにかいうたびに、ばかにしたように大声でいうのです。

「へえ、それがどうかした?」

家の中をひととおり見たあと、庭にもどって石のベンチまでいくと、ジルがオリヴィアにいいました。

「ねえ、この子、ススッ、一日じゅうくっついてるつもりかな?」

オリヴィアは、ハチの巣《す》に住むネズミを見せてあげるといって、ジルをここへ連《つ》れてきたのです。

「うん、たぶん」オリヴィアは、こまったように妹のほうをちらっと見ました。自分の気持ちを認《みと》めるわけにはいきませんが、オリヴィアもネリーのことがわずらわしくなっていました。

「くっついてるからね！」ネリーがジルにむかって大声でいいました。「ジルのばかな弟と、遊んだりなんかしないもん」

「レオは、ばかじゃないわよ。ちょうどあなたとおなじ年よ」

「年なんか、関係《かんけい》ないもん」ネリーは、きっぱりいいました。「ジルだって九歳《さい》なのに、レオとおんなじくらいばかだもん」

「この子、スススッ、どうかしちゃったの？」ジルが、いかにも下の子に手をやくお姉《ねえ》さんふうの口調で、オリヴィアにいいました。そのような言い方をすることで、オリヴィアとのあいだに、なにかふたりだけの特別《とくべつ》な関係《かんけい》を打ちたてようとしたのです。「それに、わたしは十歳《さい》よ。九歳《さい》じゃない。あなたの妹って、わからずやね」

「ちがうもん！」ネリーは金切り声をあげました。「わからずやは、そっちでしょ！　そっちでしょ！」

「わあ、いやだ」ジルは、はなをすするとオリヴィアにいいました。「この子、だいじょうぶ？　よくがまんできるわね。ねえ、あとでうちにいらっしゃいよ。そっちのほうがずっと楽しいから」

このまま放っておくと、話がどんどんあぶなっかしいほうへ流れていきそうでした。それなのにオリヴィアにはどうすることもできません。ネリーが耳をすましているのでジルのことばにうなずくわけにはいかないし、かといって誘《さそ》いをことわることもできません。失礼《しつれい》だと思われるでしょう。それに実をいうと、ジルの家にいってみたい気持ちはとても強かったのです。草ぼうぼうのつまらないこの庭をうろつきまわるのには、あきあきしていました。ネリーのめんどうをみたり、いつもいつもいい子でいたりするのも、もうたくさん。

そこでネリーに、「きちんとできないなら、むこうへいってなさい」といおうとしてふりむいたとたん、なにかがバシッと肩《かた》に当たりました。

「あいたっ！」

石でした。

「いたい！」ジルも声をあげました。やはり石が当たったのです。

「ネリー、やめなさい！」ミンティーおばさんがポーチから大声でどなりました。

ネリーは、いつのまにかポケットにいっぱい大きな石ころをひろいあつめていました。そしてそれをオリヴィアとジルめがけて、びゅんびゅん投げてくるのです。

「大きらい！」ネリーは、耳をつんざくような声をあげました。「ふたりとも、大っきらい！」

「ネリー、おねがい」オリヴィアも大声をだしました。

　でもこうなっては、ことばでネリーをとめることはできません。ネリーのほうも、やめようにも気持ちをおさえきれなくなっていました。なにか荒々《あらあら》しいものがおなかの底《そこ》からわいてきて、心も体もいうことを聞きません。ネリーは、まるできずついた動物が命をかけてたたかっているように目をぎらぎらさせ、必死《ひっし》の形相《ぎょうそう》でかたい石を投げました。投げて、投げて、投げつづけました。

「いたい、やめて」オリヴィアは悲鳴をあげ、よろよろとネリーのほうへ近寄《ちかよ》ろうとしました。ジルは石壁《いしかべ》のかげにもぐりこんでいます。

　ネリーのいるところまで、あと一、二歩。それでネリーをぎゅっとだきしめてやれるというとき、大きな石がオリヴィアの額《ひたい》めがけてひゅーんと飛《と》んできました。まるでなにかが爆発《ばくはつ》したような衝撃《しょうげき》をうけ、オリヴィアは、ぐらっと後ろへよろけました。そしてそのまま、崖《がけ》から足を踏《ふ》みはず

楽しい企画が、続々登場！

“ポケット版” エルマーのぼうけん

エルマーのぼうけん 生誕60周年 記念出版

好評発売中！

1948年にアメリカで刊行された『エルマーのぼうけん』は、2008年に生誕60周年を迎えました。これを記念して、おしゃれなデザインで、手に取りやすいポケット版を刊行しました。

©1950 by Random House Inc.,New York.
『エルマーとりゅう』より

限定出版

「ポケット版」は、
①おでかけに便利な
ミニ版・ソフトカバー。
②装丁・ケースも
特別な仕様。
(秦 好史郎デザイン)
③文字の色は雰囲気
のあるセピア色に。

R・S・ガネット 作
R・C・ガネット 絵
わたなべしげお 訳
単品定価 各700円（税込）
セット定価 2,100円（税込）

※2008年10月には“愛蔵版エルマーのぼうけん3冊セット”も刊行する予定です。

したかのように暗闇《くらやみ》の中へ落ちていきました。

気がつくとオリヴィアは居間《いま》の長椅子《ながいす》に横になっていました。頭が割《わ》れんばかりにずきずきします。ジルとレオが自分の足もとに立ち、ベビーシッターが額《ひたい》に冷《つめ》たいぬれタオルをあててくれていました。

「気がついたのね」と、その人はいいました。「じっとしていれば、じき、よくなるわ」

「大きなたんこぶができたんだよ、赤くなってる」レオが教えてくれました。ジルは、じっと目をむけてくるばかりで、なにもいいません。でもオリヴィアにはわかりました。この家にこなければこんなことはおこらなかったのに。そう思っているにちがいありません。

おばさんがかがみこんできて、「具合はどう」と聞きました。そして、逃《に》げたネリーが庭のどこかにかくれてでてこないといいました。

「わたし、さがしてくる」オリヴィアがぱっと体をおこすと、みんながあわてておしとどめました。ふたたび横になったオリヴィアは、めまいがしました。

「もうすこししたら、いく」オリヴィアは小さな声でいいました。

「ネリーは放っておいてもでてきますよ」おばさんはうわずった声をふるわせました。「あなたは、そのままじっとしていてちょうだい」

そのあとしばらくして、ジルとレオがいとまを告《つ》げました。こんなことがおこったあとに、お昼をいっしょに食べようなんて無理《むり》な話です。オリヴィアはチキンヌードルスープをすこし食べて、しばらくうとうとねむりました。

目をさますと、午後のおそい時間でした。具合はずいぶんよくなっていました。でもネリーは、まだ姿《すがた》をあらわしていません。

「なんども呼《よ》んだんですよ」おばさんがいいました。「ねえ、わるいけど、かわりにやってみてくれないかしら。きっともう、わたしとは口もききたくないだろうと思うのよ。わたしったら、本当におばかさんでした」

おばさんはすっかりふけこんで、つかれはてているようでした。手もふるえています。

オリヴィアは庭にでて呼《よ》びかけました。

「ネリー！　あの人たち、帰ったよ。だから、でておいで。おねえちゃんは、もうだいじょうぶだよ」

長い花壇《かだん》にそってゆっくり歩きながら、オリヴィアはしげった葉や雑草《ざっそう》のあいだをのぞきこみました。ひどくもつれあった葉の奥《おく》はうす暗く、ほんの一、二フィートくらいしか見とおせません。庭はしんと静《しず》まりかえり、しかもネリーからはなんの返答もありません。オリヴィアはふと、あの物語にでてくる〝花になった子どもたち〟に呼《よ》びかけているような気さえしました。

「ぬいぐるみたち、さびしがってるよ。ネリーに会いたいんだって。でてきてほしいって！」

それでも返事はかえってきません。おかしなことでした。ネリーはいつだって、ぬいぐるみのことをいちばんに考えてかわいがっていたからです。オリヴィアは不安《ふあん》になり、胸《むね》がざわざわしてきました。

「ネリー！」とうとうオリヴィアは悲鳴のような声をあげました。「こわいよ。どこにいるの」

そのとき、石のベンチのそばにひろがる茂《しげ》みでかさっと小さな音がして、すぐにネリーがでてきました。髪《かみ》の毛《け》はぼさぼさで葉っぱにまみれ、ひざは土で真っ黒です。

ネリーはオリヴィアのことを非難《ひなん》するように一瞬《いっしゅん》にらみましたが、さっとかけよると、ちょうど海でおぼれかけた人が丸太にしがみつくようにすがりつき、その胸《むね》に顔をうずめました。オリヴィアは、そのまま一時間ほどもネリーをだきしめてやっていたような気がしましたが、実際《じっさい》はほんの数分のことだったでしょう。オリヴィアはようやく口をひらくと、しゃがれた声でいいました。

「ネリーが花になっちゃったかと思った。それで、もうでてこないの」

「うん、あたし、お花になった気がした」ネリーは、オリヴィアにしがみついたままいいました。「ちょっとのあいだだけ、花になった子どもだった」

家にいたおばさんが窓《まど》から外を見ると、庭のすみっこにふたりがいました。草の上によりそってすわり、静《しず》かに話をしているようです。

おばさんはひくひく息をすいこむと、ほっとしたようにゆっくりはきだしました。そして、もうすこししたらふたりのところへいってあやまろうと考えました。ひどいことをしてわるかったと伝《つた》えるのです。オリヴィアのいうことをちゃんと聞けばよかった、ネリーのことをよくわかってあげていなかった、母親でもないのに勝手なことをしてしまった、と。

おばさんは、自分にむかってつぶやきました。

「おばかさんね。小さいころのこと、もうわすれてしまったの？　あのふたりのきずなが切れてしまうところだったのよ……それにしてもあの子たち、今度はなにをしようというのかしら」

おばさんは、ぶつぶつひとりごとをいいながら窓《まど》ガラスに顔をよせ、ふたりのいるほうに目をこらしました。

オリヴィアとネリーは花壇《かだん》のそばに場所を変《か》え、手で土をほりかえしていました。しばらくするとネリーがどこかへ走っていき、もどってきたときには移植《いしょく》ごてをふたつ持っていました。ふたりは、また土をほりはじめ、どんどん庭の奥《おく》へとはいっていきました。

8

三つ目のティーカップは、フランスギクの咲《さ》く場所で、ネリーが見つけました。フランスギクは、おいしげる雑草《ざっそう》をものともせず満開《まんかい》に花ひらいています。ネリーは、おとなの指一本分くらいのところに埋《う》まっていたカップを勝ちほこったようにかかげていいました。

「おなじものだね」

ネリーは、つやつやした青い色が見えるように、ついていた土をすこしぬぐいました。

ジルとレオがやってきた、あのさんざんな日から二日《ふつか》がたっていました。

オリヴィアの額《ひたい》の腫《は》れは、ほとんどひきましたが、青あざの上にはまだ大きなガーゼがテープでとめてあります。事件《じけん》のあと、おばさんはふたりにあやまりました。そのときオリヴィアはネリーにいいました。

「おばさんは、これできっとわかってくれたと思うわ。これからは、だれかを家によぶ前に、かならず相談してくれるはずよ」

そして父《とう》さんが電話をかけてきて、みんなおたがいにごめんなさいをいい、ミンティーおばさんの家の生活は多かれ少なかれ、もとにもどりました。

ただひとつのことをのぞいては……。

オリヴィアは、なぞにつつまれたチューリップ形のティーカップをネリーからうけとると、間近《まぢか》でよく見ながら、「どうしてここにあるんだろうね」と、おどろいたようにいいました。

「それに、いまごろになって庭からでてくるなんて、わけがわからない。エリス・ベルウェザーが自分で埋《う》めたのかな」

「ちがうよ」ネリーがいいました。

「どうして?」

「あのお話にあったもん、緑の妖精《ようせい》のしわざだって。花になった子どもたちがもとにもどらないよう、わざとわかりにくいところに埋《う》めたんだよ。だから、ふたりで助けてあげようよ。ティーカップをぜんぶ見つけなくちゃ、〈とりけしの魔法《まほう》〉は、はたらかないんだから」

「いくつあるんだっけ」オリヴィアは聞きました。いったいどういうことなのか、ますますわからなくなっていきました。

「八つ」ネリーは、すぐにはきはきと答えました。「本のさし絵にあったもん。お茶のポットもあるの。わすれないようにしなくちゃね」

ネリーは、どことなく変《か》わりました。投げた石がオリヴィアに命中してショックをうけたからでしょうか。ミンティーおばさんがわるかったとあやまってくれたからでしょうか。それとも長い時間、ひとりぼっちで庭のすみにかくれていたからでしょうか。そのわけは知るよしもありませんが、とにかく以前《いぜん》のような赤ちゃんっぽいところがかなりなくなり、金文字の決まりにも、もうそれほどこだわらなくなっていました。かわりに、その気になったら一日じゅうでも花壇《かだん》の土をほっていました。

「あらあら、そんなにせいをだされたんじゃ、雑草《ざっそう》もたまらないわね」おばさんは、たまげたようにいいました。

ネリーはいまでは毎晩寝る《まいばんね》前に、エリス・ベルウェザーの『花になった子どもたち』を読んでもらわないと気がすまなくなっていました。朝も食事の前にはかならず、ひとりでさし絵をすみからすみまでながめまわします。

あるとき、ネリーは朝ごはんの席《せき》でいいました。

「ねえ、おばちゃん。あのものいわぬ子は、いちばん年が小さくて、だれよりも親切で人のためを思う子だったんだって。知ってた？」

「あら、そうだったかしらね」

またオリヴィアには、こんなことをいいました。

「ものいわぬ子は、緑の妖精《ようせい》がおまじないをかけたから、口がきけなくなったんだよ。だから、ひとりだけお花にはならなかったけど、だれにもなにもいえなかったんだ」

「ええ、そうよ」と答えながらオリヴィアは目を見張り《みは》ました。ネリーが、まともに前をむいて階段《かいだん》をあがっていったからです。金文字の決まりをつくってからというもの、はじめてのことでした。

「だけどね、ものいわぬ子にもできることがあったんだ。お茶のセットを見つけだすこと」ネリーはいいました。

「でも、できなかったのよ」オリヴィアが指摘《してき》すると、ネリーはきっぱりいいました。

「これからするの！」

そしてそのことばどおり、ネリーは三日後には、四つ目のティーカップを見つけました。カップは空色の花をつけた、きゃしゃなデルフィニウムが育つあたりに埋《う》まっていました。ミンティーおばさんがいうには、この花は長いことほったらかしにされていたので、知らないうちに枯《か》れてなくなっていても不思議《ふしぎ》はなかったとのことでした。

ネリーは五つ目を、美しく咲《さ》きみだれるルピナスの下で見つけました。ルピナスはすくすく元気に育ち、美しい紫《むらさき》の花をたくさんつけていました。

それから一週間たって六つ目のティーカップが、明るい黄色の花を咲《さ》かせたひょろ長いマツヨイグサのあいだからでてきました。

「妖精《ようせい》のおかしらはきっと、お花になった子どもひとりひとりの下に、ひとつずつティーカップを埋《う》めたんだね」ネリーは六つ目を高々とかかげていいました。「だから、ほかのもみんな見つかるね」

オリヴィアはあらい息をつきながら、「どうやって見つけるの」と聞きました。土ほりは、もっぱらオリヴィアの役目でした。ネリーは、えらそうに指図《さしず》するだけです。いばるところだけは、まったく変《か》わっていません。

「物語にでてくるお花のまわりをさがすの。ティーカップは、レディー・スリッパと、アヤメと、フランスギクと、デルフィニウムと、ルピナスと、マツヨイグサの咲《さ》いているところからでてきたでしょ。だからつぎは、バラの下をほってみようよ」ネリーはいいました。

「もう、つかれちゃった」オリヴィアはいいました。「土をほるのって、大変《たいへん》なんだもの」

「あたしは、平気」ネリーはうたうように大きな声でいうと、バラがどこにあるのか、おばさんのところへ聞きにいきました。教えてもらったら、さっそく仕事にとりかかるつもりです。

ところでおばさんは、ティーカップがつぎつぎ見つかることを、もうふたりから聞いて知っていました。そして自分でもカップを手にとって見ているうちに、どうしてこの庭にあるのかオリヴィアとおなじように不思議《ふしぎ》に思うようになりました。

「ネリー、ちょっとあの本を貸《か》してもらえないかしら。最後《さいご》に読んだのは、もうずいぶん前のことなのよ」

おばさんにいわれて、ネリーはさっそく本をとりにいきました。本はぬいぐるみといっしょにベッドにおいてあります。

おばさんは本を読みおえるといいました。

「なるほど、すごいわねえ。この庭が、そっくりそのまま描《えが》きとられているのね。そんなこと、とうにわすれてましたよ。物語が書かれたころにあった花がまだいろいろ咲《さ》いているなんて、本当にすてき。ナメクジや雑草《ざっそう》に負けないで、根をはって生きていたんですよ」

「そんなの、当たり前。だって花になった子どもたちなんだもん」ネリーはいいました。

ネリーの頭ごしに、オリヴィアとミンティーおばさんの目があいました。でも、どちらもネリーに、ちがうとはいえませんでした。無理《むり》もありません。おどろくべきことに、本のさし絵とそっくりのチューリップ形のティーカップが、こうして数日おきに庭からでてきているのですから。

ネリーがバラの植わっている場所を聞きにいくと、すぐにおばさんは、石壁《いしかべ》のはしに咲《さ》いて

いると教えてくれました。おばさんは、庭のことなら家の中とおなじように、すみずみまでよく知っています。

いってみるとオールドローズとよばれる種類《しゅるい》のバラが、おいしげった下生《したば》えにとじこめられるようにして、愛《あい》らしいピンク色の花を咲《さ》かせていました。オリヴィアもネリーも、まさかそんなところにバラがあるとは思ってもみませんでした。

「もともとは、つるバラなのよ」といって、おばさんはためいきをつきました。「元気で勢《いきお》いがあったころは、この石壁《いしかべ》をずうっとおおっていたんだけどね」

「ええっ。じゃあ石壁《いしかべ》のはしっこから、ずっとほっていかなきゃいけないね」ネリーが、がっかりしたようにいいました。

オリヴィアのほうは、おばさんのことばを聞いただけで体から力がぬけてしまいました。そこでポーチにあがって本を読みはじめ、なにがなんでもそこを動こうとしませんでした。しかたなくネリーは、ひとりで土をほりはじめました。

でも残念《ざんねん》なことに、小さなネリーひとりの力ではどうにもなりません。お昼になっても、作業はちっともはかどっていませんでした。昼食のあと、ネリーはポーチの段々《だんだん》にすわり、しゅんとしたようすで庭を見おろしました。

そのとき道路のほうから、自転車の走る音と人の声が聞こえてきました。このごろ毎日のようにに通りかかるふたりの少年が、その日もやってきたのです。いつものように自転車をゆっくりこぎながら、ものめずらしそうに車寄《くるまよ》せから庭をのぞきこんでいます。

ネリーはなにを思ったか、さっと立ちあがって姿《すがた》をけしました。すこししてオリヴィアが本から目をあげると、妹が少年ふたりを連《つ》れて庭へはいってくるところでした。少年たちは、十歳《さい》か十一歳《さい》くらいに見えました。

「……だから、おねえちゃんといっしょにぜんぶさがそうと思って、お庭をほってるところなんだ」ネリーは少年たちに、てきぱきと事情《じじょう》を説明《せつめい》していました。「でも、とっても大変《たいへん》なの。あ、あそこにいるのが、おねえちゃんのオリヴィアよ」

ふいに自分の名前をだされてとまどったオリヴィアは顔を赤らめ、椅子《いす》からぴょんと立ちあがると、ちょっとうれしそうに一、二歩、前へでました。

「こんにちは」

少年たちはオリヴィアを見てこころなしかほっとした顔をし、「やあ」とあいさつを返しました。「庭に古いティーカップがたくさん埋《う》まってるって、本当かい」

オリヴィアがうなずくと、ふたりは明らかに興味《きょうみ》しんしんのようすで、花壇《かだん》のあいだを歩きまわりました。この少年たちはエリス・ベルウェザーのことや、その作家がここに住んでいたことを知っていたのです。とはいうものの、作品は一冊《さつ》も読んだことがありませんでした。

「どれか映画《えいが》になった?」と、ひとりが聞きました。

オリヴィアは、映画化《えいがか》されたものはないと思うと答えました。

ネリーが話にわりこんできて、ティーカップさがしをてつだってくれないかとたのむと、少年たちは、「いいよ」とうなずきました。

しばらくしてミンティーおばさんが庭に目をやると、ふたりの見知らぬお客の姿《すがた》がありました。お客たちはシャベルと木鋏《きばさみ》を持って石壁《いしかべ》の前にしゃがみこみ、オリヴィアやネリーといっしょに、やぶをはらったり土をほったりしているではありませんか。四人は前からの友だちのように、いかにも親しげに話をしています。

「あらまあ」ミンティーおばさんはたまげたような声をあげ、麦《むぎ》わら帽子《ぼうし》をくいっと下にひっぱりおろしました。それからいそいで台所へいくと、レモネード用のレモンをぎゅうぎゅうしぼりはじめました。

9

その日の午後、オリヴィアたちは壁《かべ》にそってほりつづけましたが、まったくなにもでてきませんでした。少年たちの名前はジャックとモリーで、このふたりがもういちど挑戦《ちょうせん》しようとやってきたつぎの日の朝も、おなじでした。それで少年たちはお昼になると愛想《あいそ》をつかしていってしまい、つぎの日はもう、もどってきませんでした。そして、そのつぎの日も。

オリヴィアはすっかりしょげかえり、またポーチで読書の日々にもどりました。ネリーが七つ目のティーカップをほりだしたときでさえ、関心《かんしん》を示《しめ》しませんでした。カップは、バラのある石壁《いしかべ》の近くからでてきました。きっと、みんなうっかり見落としてしまったのでしょう。

「もうどうでもいいの、おねえちゃん？」

「そんなことない。ただ、なんだかすごくだるくって」

オリヴィアは睡眠不足《すいみんぶそく》もあって、つかれていました。このごろは昼間だけでなく、夜もとてもおそくまでおきていて、本を読みふけっていたからです。部屋《へや》のむこうではネリーが健《すこ》やかな寝息《ねいき》をたててねむり、ときどき寝言《ねごと》をつぶやきました。

オリヴィアは、トイレにいきたくて目をさましたネリーに呼《よ》ばれると、すぐにおきあがり、母《かあ》さんがやっていたように、うす暗い廊下《ろうか》を歩いて連《つ》れていってやります。また、ネリーがとつぜん目をさまし、あたりが暗くて恐怖《きょうふ》にかられ、「おねえちゃん！」とひと言さけぶようなことがあれば、すぐに答えてやりました。

「ここにいるよ、ネリー。心配しないで寝《ね》なさい」

ネリーが目をさまして声をかけてきたとき、オリヴィアはベッドにあおむけになって、天井《てんじょう》にある天国の地図を、ただながめているだけのこともありました。

ある晩《ばん》、「なにしてるの」とネリーが聞いてきました。ネリーはねむたげに目をこすりながらオリヴィアの寝《ね》ている小さいベッドまでやってくると、となりにもぐりこみ、いっしょに天《てん》井《じょう》をながめました。オリヴィアは地図のことを教えてやりました。天国の山や川や海や、いろんな地に名前をつけたことも。

「見あげるたびにね、新しい場所が見つかるの。そしたらそれに名前をつけるのよ」

「ママも、あそこにいるの？」ネリーが聞きました。

「そうよ、すこしずつなれようとしているところ。わたしたちといっしょよ。あの地図の世界になれようとしているの。いろんな場所の名前をおぼえて、どうやったらまいごにならないですむか、考えているのよ。ママは、まわりを見わたすたびに新しい場所に気づくの。でも、すぐにいろいろわかるようになる。わかればもう、安心なのよ」

「ママは、あたしたちに会いたいと思ってるかな」ネリーが小さな声でいいました。

「もちろんよ。いつだってね」

「あたしもママに会いたい」ネリーはそうつぶやくと、オリヴィアの体に腕《うで》をまわし、長いことぎゅっとしがみついていました。

それからネリーは、そっと歩いて自分のベッドにもどると、またねむりました。でもオリヴィアは目をあけたまま、いまの会話を思いかえしていました。妹には自分の考えていることを、いつもそのまま正直に伝《つた》えるわけではありません。オリヴィアは、ときどきそうするように、いまも自分に問いかけていました。

本当に、母《かあ》さんはどこかにいて、わたしたちのことを気にかけてくれているの？　べつに天国にいなくてもいいのです。ミンティーおばさんが「花の子どもたち」とよんだ妖《よう》精《せい》たちのように、どこかそのへんにただよっていてくれるのであれば。

ふだんなら自分の半分が、「たぶん……」と答え、あとの半分は、「そんなはずはない」と答えました。けれどもその夜はちがいました。思いがけないことに、とつぜんひとりの自分が心の底《そこ》から祈《いの》ったのです。母《かあ》さんがここにいてくれたら、と。

そのねがいとともに、母《かあ》さんに会いたいという気持ちが、これまでにないほど強くおそってきました。すこしのあいだ、母《かあ》さんなしではこれから先、生きてはいけないような思いにとらわれたほどです。

「だって、ネリーにはわたしがついているけど、わたしにはだれもいないんだもの」

そうつぶやいたとき、寝室《しんしつ》に冷《つめ》たい風がしのびこんできたような感じがしました。そのとたん、悲しみを封《ふう》じこめてある心のすみっこが、いきなり爆発《ばくはつ》したように口をあけました。

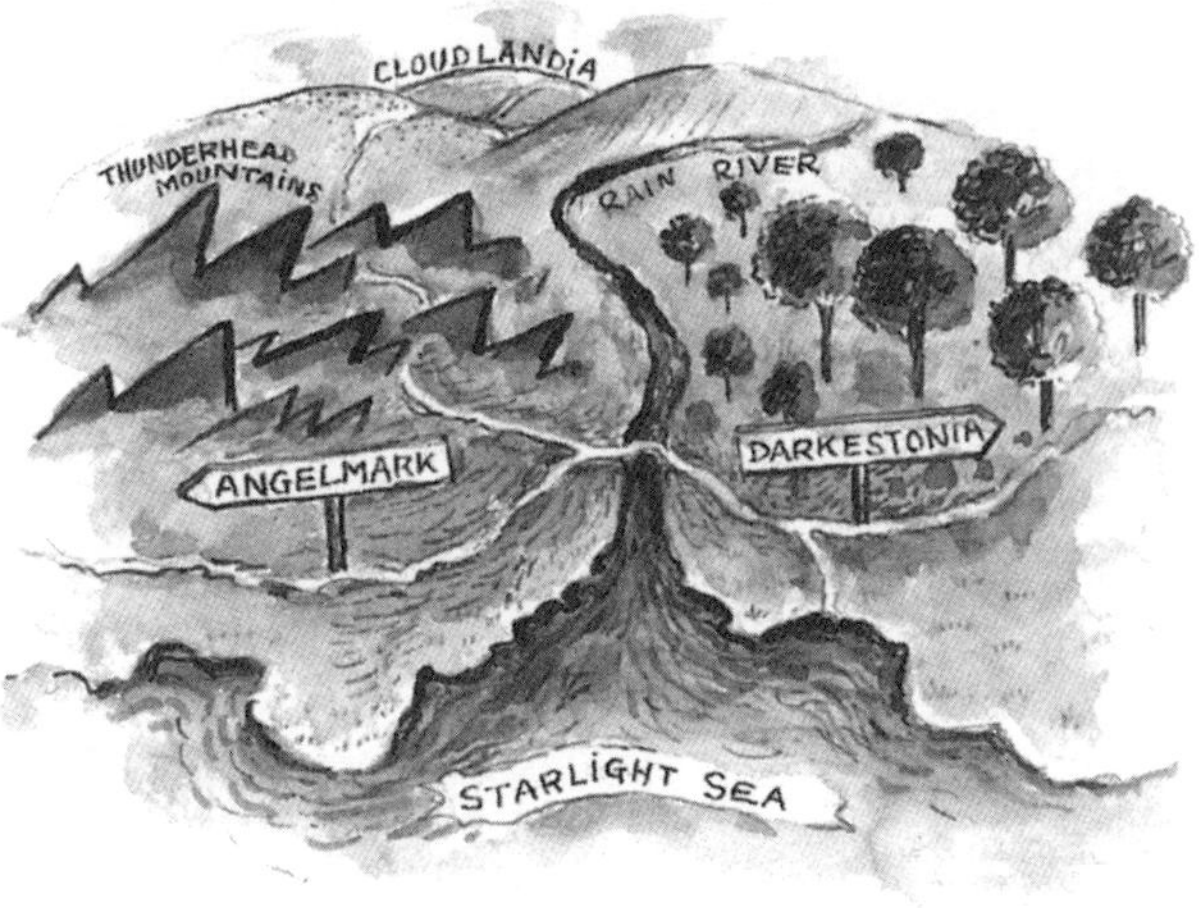

はげしくゆれうごく心をかかえたまま、オリヴィアがじっと天井《てんじょう》を見あげていると、ゆっくりゆっくりですが、ピントがあうように天国の地図が見えてきました。オリヴィアは自分がつけた名前を思いかえしながら、時間をかけてていねいに場所をたどりました。山や川や海や、いろんな地を……。

そのうち呼吸《こきゅう》が楽になってきて、心臓《しんぞう》のどきどきはおさまりました。冷《つめ》たい風もやんで、悲しみはいつもの秘密《ひみつ》の場所に封《ふう》じこめられました。ネリーがちょっと身動きして、なにかつぶやいています。だんだんまぶたが重くなり、オリヴィアはふわふわとねむりの坂をすべりおりていきました。

八月になりました。庭は毎日むっとする熱気《ねっき》にみまわれ、土をほりかえしてティーカップをさがすのがむずかしくなりました。午後は雨がはげしくふり、遠くで稲妻《いなずま》が不気味《ぶきみ》な色に光ります。家の中で一日の大半をすごすことが多くなりました。

ミンティーおばさんは、しょっちゅう部屋《へや》のうす暗いほうへむかって目をしばたたきながら聞きました。

「そこにいるのは、オリヴィアなの？」

「うん、わたし」

オリヴィアは窓辺《まどべ》にうずくまって本を読んでいたり、階段《かいだん》のとちゅうに背中《せなか》をまるめてすわっていたりしました。

「そんなところでなにをしているの」

「べつになにも。ちょっと涼《すず》しいところにいたいだけ」

いっぽうネリーは、ますます活動的《かつどうてき》になっていました。庭でティーカップさがしができないときは、逆立《さかだ》ちの練習をしました。階段《かいだん》の手すりをよじのぼったり、台所のカウンターの上を綱渡《つなわた》りのように歩いたり、廊下《ろうか》においてある本棚《ほんだな》にあがったりもしました。

「ネリー！　すぐにおりなさい。サーカスの曲芸師《きょくげいし》じゃあるまいし。もっとちがうことをして遊びなさい！」おばさんはこのごろ、大声をだしてばかりいます。

そこでネリーは、ポーチでぬいぐるみたちと昼食会をひらくことにしましたが、おばさんがお皿にちゃんとしたクッキーをのせてこなかったので、かんしゃくをおこしました。でもつぎの瞬間《しゅんかん》、あやまりました。

「おばちゃんがせっかくお手伝《てつだ》いしてくれたのに、おこってごめんなさい。おばちゃんは、おばあさんだから、どのクッキーがよくて、どれがいけないか、わからなくてもしょうがないんだよね」

ネリーはネリーなりに気をつかってそういったのでしょうが、おばさんはあっけにとられ、思わず持っていたクッキーをその場でお皿ごと床《ゆか》に落としてしまいました。

そしてついに、ある日の午後もおそい時間、八つ目のティーカップがラベンダーの根元からでてきました。見つけたのは、カップのことが頭からはなれないネリーではなく、オリヴィアでした。しかもオリヴィアはカップをさがしていたのではなく、かがみこんで、いいにおいのするラベンダーの小枝《こえだ》を木鋏《きばさみ》でつみとっていただけでした。おばさんに、ベッド脇《わき》の小さなガ

ラスの花びんに活《い》けたいからとたのまれたのです。おばさんはオリヴィアに、自分流の言い方で〈活をいれる〉必要《ひつよう》があると感じたとき、こういうちょっとしたお手伝《てつだ》いをいいつけました。

青く光るものが土から顔をのぞかせているのに気づくと、オリヴィアはネリーを呼《よ》びました。そしてネリーが見守るなか、いかにもよく肥《こ》えた土の中からティーカップをとりあげました。

「ラベンダーは、物語で子どもたちが変《か》えられた花じゃないよね」オリヴィアは、カップについた土をシャツでぬぐいながらいいました。「ティーカップは、やっぱりでためめに埋《う》められていたのよ」

「そんなこと、どうでもいいよ。八つでてきたもん！」ネリーは、とびあがらんばかりによろこんでいます。「あとは、お茶のポットだけだね」

ネリーは土にひざをつくと、いきなりラベンダーのまわりをせっせとほりはじめました。でももうなにも見つからず、やがてうだるような暑さに負けて、ふたりは家の中にはいりました。おばさんは八つ目のティーカップを見ると目をまるくして、おやおやと首をふりました。そして、ラベンダーの根元で見つかったと聞くといいました。

「あら、あそこ。あの場所には、もともとキスゲが植えてあったんですよ。花の色が気に食わなくて、何年も前にぬいてしまったんだけど」

「かわいそう！」といってネリーは息をのみました。「おばちゃん、花になった子どもを殺《ころ》しちゃった」

「まさか、そんなこと考えてもみませんでしたよ。でもちょっと待って。そうそう、あのキスゲは、まだ生きてるわ。放った場所に根づいたの。そこの窓《まど》から見えますよ。ほら、畑の塀《へい》のあたり」

ネリーが走っていって窓《まど》から外をのぞくと、オレンジ色や黄色のキスゲの花が、畑の塀《へい》をはしからはしまで埋《う》めつくすように咲《さ》きほこっていました。ネリーは見るからにほっとした顔を

しました。

「もしかしたらお庭より、畑のほうが好《す》きだったかもしれないしね」

そういうネリーのひとりごとが、オリヴィアの耳に聞こえてきました。

おばさんはティーカップの最後《さいご》のひとつが見つかって、とても興奮《こうふん》していました。あんまり素直《すなお》におどろいているので、オリヴィアもほんのすこしですがまた興味《きょうみ》をひかれました。そしてティーカップがすべて台所のテーブルの上にならぶと、関心《かんしん》はいっそうつのりました。ティーカップは、ぴかぴか輝《かがや》いていました。まるで、長いこと会わなかった友だちみんながそろったのをよろこんでいるようです。ネリーときたら、これまでにないほど有頂天《うちょうてん》になっていました。

「おばちゃん、ここにすわって思いだしてよ」

「なにを？」といいながら、おばさんは腰《こし》をおろしました。

「お茶のポットがどこにあるかってこと」ネリーは、はしゃいだようにいいました。「ポットが見つかれば、おまじないが解《と》けるんだから」

「どうしてわたしにたずねるの。なにも知りませんよ」

「だって、おばちゃんちの庭だもん。どこになにがあるか、すみからすみまで、ちゃんとわかるでしょ」

「それでも無理《むり》よ」とオリヴィアはいったのですが、ネリーは目をきらきらさせ、期待に満《み》ちた顔でおばさんを見つめるばかりです。おばさんは、いやでもおうでも、この難問《なんもん》にいどまなければならなくなりました。

「じゃあ、もういちど、あの本を調べてみようかしらね」おばさんは、ようやくいいました。

ネリーが寝室《しんしつ》から本を持ってくると、おばさんは『花になった子どもたち』のページをひらいてすぐに読みはじめましたが、あらたにわかることはなにもありませんでした。そこで今度は、さし絵をじっくり調べました。みごとな絵は、どれもまわりがかわいらしい縁《ふち》どりでかこまれています。縁《ふち》どりには、ありとあらゆる花が標本《ひょうほん》のように描《えが》いてあって、まるで花壇《かだん》のようでした。花のあいだには、庭でよく見かけるものも小さく描《か》きこまれています。熊手《くまで》、移植《いしょく》ごて、鳥やチョウ、じょうろ、手押《てお》し車《ぐるま》、植木鉢《うえきばち》などなど……。

「わかりましたよ！」おばさんがいきなり声をあげたので、ネリーはびくっとしました。

「このバラの絵のところに、ティーカップが描《か》きこまれていますよ」

「なに、なに？」

「ええっ、どうして？」

「このデルフィニウムのところにもティーカップ」

「いやだ……」オリヴィアは急に、気分がわるいような変《へん》な気持ちになりました。

おばさんは、オリヴィアのほうへ本をおしやりました。

「どうやらさし絵の縁《ふち》どりに、最初《さいしょ》からヒントがかくされていたみたいねえ。もっとはやく気づいていたら、ずいぶん楽だったでしょうに。ほら、ティーカップの絵がレディー・スリッパのところにもありますよ。あとは……」

「青いお茶のポット！」ネリーがうれしそうにいい、三人はいっせいに額《ひたい》をよせて本をのぞきこみました。

もちろんポットも、さし絵の縁《ふち》どりのひとつに描《えが》いてありました。でも目をこらさないと、よくわかりませんでした。ポットのまわりには、赤いチューリップがあふれんばかりに描《えが》かれていて、そのせいでポットの色が紫《むらさき》がかった影《かげ》のようになっているのです。

「このベルウェザーという作家、なかなかやるじゃないの」おばさんはいいました。

「赤いチューリップだね！　お庭のどこかに咲《さ》いてたっけ」ネリーがオリヴィアにたずねました。

「ううん、どこにもないよ。見た覚《おぼ》えはないもの」

オリヴィアがそういうと、ネリーはがっかりした顔をしました。

おばさんは注意をうながすように、指先で本をとんとんたたくと、にっこりしました。

「当然《とうぜん》ですよ。いまは時期じゃありませんからね。春に咲《さ》いていたの、あなたたちがくる前にね。とっくに散《ち》ってしまったのよ」

「どこにあるの？　教えて」ネリーは、まるでにらむようにおばさんを見てささやきました。

ティーカップがチューリップのような形をしていたことを、とつぜん思いだしたのです。それもヒントのひとつなのかもしれません。

おばさんは暑いさなか、ふたりを庭へ連《つ》れてでると、毎年春にチューリップが真《ま》っ赤《か》な花を咲《さ》かせる場所へ案内《あんない》しました。そこはいまでは、しおれた葉やメヒシバのうっそうとした茂《しげ》みになっています。おまけに最近《さいきん》のにわか雨で土がどろどろしていて、とてもほってみようという気にはなれない場所でした。ところがいざ作業にとりかかったとたん、ふたりはなにかにおされたり、ひっぱられたりするような感覚《かんかく》におそわれました。ネリーは、花になった子どもたちが待ちきれずに手を貸《か》してくれているのだと本気で思いました。でも、それはちがうとはだれにもいえなかったでしょう。すぐになにかがネリーの指に当たったからです。やわらかくなった土をすこしほると、先端《せんたん》に切れこみのある長い注ぎ口が見えてきました。それは、古めかしい形をしたティーポットのものでした。

10

ネリーが土の中からあざやかな青色のティーポットをほりだした瞬間《しゅんかん》から、オリヴィアはミンティーおばさんのことを、いっそう注意して見るようになりました。庭から古いお茶のカップが八つでてきたのは、たしかに不思議《ふしぎ》です。ただ、まったくありえないことだとはいえません。なぜそこにあるのかはわからないにしても、この広さの庭ですから、長い年月、気づかれずにひっそりと土の中に埋《う》まったままだったのでしょう。

でも、大きなぴかぴかの青いポットが、地表からわずか二インチのところに、ふたがのったまま横たわっているとなると話は別《べつ》です。これには、だれかしら気づいたはずです。オリヴィアは、おばさんに深くうたぐるような目をむけました。もう勝手なまねはしないと約束《やくそく》したはずなのに、ネリーのやっていることを見て、またなにかちょっかいをだしているにちがいありません。

とはいえ、いますぐには手のうちようがありませんでした。ネリーが、心からよろこんでいるからです。ネリーは、エリス・ベルウェザーの本のさし絵にあったとおり、庭にテーブルをだしてレースのテーブルクロスをかけたいといいだしました。

テーブルの上には、八つの青いティーカップをならべます。ナプキンやケーキののったお皿も用意し、中央に夏の花を活《い》けた大きな花びんをおくのです。

「この絵のとおりにしなくちゃいけないんだからね」ネリーが命令《めいれい》するようにいいました。

「妖精《ようせい》のおかしらが、お茶のセットをテーブルにちゃんとならべろっていったでしょ。じゃないと、〈とりけしの魔法《まほう》〉は、はたらかないの」

おどろいたことに、おばさんはネリーのことばにうなずきました。

「ええ、まったくそのとおりよ。なにもかも正確《せいかく》に再現《さいげん》しましょうね。もちろん、できるだけ、という意味ですよ。だってね、うちには、ここにあるような花びんはないんだもの」

おばさんは本の絵を指でたたいて示《しめ》し、ネリーを心配そうに見ました。

「だいじょうぶ。できるだけそっくりにすればいいんだから」ネリーはいいました。

「わかりましたよ、できるだけそっくりにね」おばさんは、にっこりほほえみました。「じゃあ、そうしましょう」

おばさんはガレージにむかいました。そこには、とても古いピクニック用の長テーブルが、奥《おく》の壁《かべ》におしつけるようにしてしまってあります。組み立て式で、見た目ほど重くはないテーブルを外へだすと、三人は草をふんで庭まで運びました。

それからおばさんが古いレースのテーブルクロスを持ってきてかけると、なんのへんてつもないピクニックテーブルが、とたんに上品なパーティー用のテーブルに変身《へんしん》しました。ネリーは走っていって家からティーカップをとってくると、テーブルの上に気をつけてならべました。

「食卓《しょくたく》のスツールじゃ、花になった子どもたちはいやがるかしらね」おばさんが聞きました。椅子《いす》も用意しなければなりません。

「だったら余分《よぶん》が地下室にしまってあるんだけど」

「いいよ。きっと椅子《いす》なんかにこだわったりしないから」ネリーはそういうと、スプーンとフォークと小さいお皿をとりにいきました。それも本のさし絵にあるのです。あとは大きな銀《ぎん》製《せい》のろうそく立てです。でも……。

「いらないよ」ネリーはミンティーおばさんにいいました。「あと、椅子《いす》にむすんで、はしをたらしたリボンもなくていい。めんどうくさいもん」

「ベルウェザーさんは、ちょっとこりすぎねえ。まあ、むかしはみんな、飾《かざ》りたてるのが好《す》きだったから」おばさんがいいました。「この絵の小さなケーキも、なくていいわね。こういうのは、もう売ってないんじゃないかしら」

「もちろん、いらない！　クッキーでいい」

ふたりが準備《じゅんび》におおわらわになっているそばで、オリヴィアはちょっとのけ者にされた気分でいました。そこでポーチにすわって本に読みふけっているふりをしていると、おばさんがやってきて、木鋏《きばさみ》をさしだしながらいいました。

「花びんに活《い》ける花を切ってきてもらえないかしら。両腕《りょううで》にかかえるくらいあると、きっとすてきよ。テーブルの上がはなやぐわ」

「ねえ、おばさん」オリヴィアは声を低《ひく》めていいました。「わたし、賛成《さんせい》できないな。結局《けっきょく》ネリーがだまされたと感じてきずつくだけじゃないのかな」

「どういうこと？」おばさんは、あくまでも無邪気《むじゃき》にいいました。楽しそうなようすは変《か》わりません。

「だって花になった子どもたちは、もどってこないからよ。おまじないは解《と》けないの」

「あら、そんなことわかりませんよ」おばさんは、にこやかにわらいました。

「解《と》けるわけないでしょ。そもそも、妖精《ようせい》のまじないなんてものが……」

「まあ待ってみましょうよ。そのうちわかるわ。ね、いいでしょ」

その言い方は、我《が》をはるときのネリーにそっくりでした。オリヴィアは警戒《けいかい》するようにおばさんの顔をちらっと見ると立ちあがり、とても心配そうに眉《まゆ》をひそめて花を切りにいきました。

お昼までにテーブルの用意が整いました。いっぽうのはしに青いティーポットがおかれ、なにもかもがかわいらしく、しかも本のさし絵にそっくりです。テーブルのまわりには、いまにもなにか特別《とくべつ》なことがおこりそうな雰囲気《ふんいき》がただよっていました。

それでオリヴィアはいっそう気が気でなくなりましたが、ネリーはこれ以上《いじょう》ないくらいごきげんでした。

「ものいわぬ子は、きっとおおよろこびするね！」ネリーは得意《とくい》げに花壇《かだん》のあいだをいったりきたりしました。「もうすぐお友だちがもどってきて、パーティーがはじまるんだもん。前とおなじようにね」

おばさんは、ほほえみました。

「わたしも楽しみですよ。でも待っていなくちゃだめ。どれくらいの時間で〈とりけしの魔《ま》法《ほう》〉がはたらくのか、だれにもわからないんですからね。ほんの数分かもしれないし、数時間……ううん、もしかしたら何日もかかるかもしれない。魔法《まほう》には、時なんて関係《かんけい》ないんだもの。いちばんいいのはね、テーブルのあたりをじろじろ見たりしないで、あっちへいっていることですよ。台所へいきましょうか。おなかがぺこぺこ」

「あたしも、ピューマみたいにおなかすいてる」ネリーは大声でいうと、おばさんの手をつかんでひっぱり、ポーチのドアからはいっていきました。

「神さま、お助けくださーい」ひきずられていくおばさんの、わらいながらふざける声が聞こえてきました。

こうして、まじないが解《と》ける時を待つことになりました。午後になると小鳥が庭のテーブルの上をとびまわりました。ハチはブンブン羽音をたて、クッキーののったお皿にさっと近づいては、はなれます。風がそよそよと吹《ふ》いてきて、紙ナプキンのはしをめくりあげました。

ネリーはときおり家にかけこんできて、ようすを知らせてくれました。目を輝《かがや》かせて、「まだだったよ！」というのを聞いているうち、オリヴィアは見ていられない気持ちになりました。

「しんぼうづよく待つしかないわねえ」おばさんはいいました。

「しんぼうにもほどがあると思うけどなあ」一度だけオリヴィアは、注意をうながすような口調でつぶやきましたが、ネリーもおばさんも、まったく気にとめるふうがありませんでした。

午後もおそくなると風がやみ、しずみかけた太陽の光が、花びんの花をバラ色にそめました。生垣《いけがき》の影《かげ》がテーブルの上に長くのび、やがて夕日が地平線のかなたへ消えると、藍色《あいいろ》の闇《やみ》があたりをつつみこみました。夕食どきになってネリーは家にはいってきましたが、はじめの元気はもうありません。それでも、せいいっぱい平気な顔をしていいました。

「心配しないで、おねえちゃん。おまじないは、ちゃんと解《と》けるよ。わかってるんだ。〈とりけしの魔《ま》法《ほう》〉って、時間がかかるものなの」

このことばを耳にしたとたん、オリヴィアの胸《むね》ははりさけそうになりました。ネリーには、

やはりちゃんと話をしなければいけません。ところがその夜、ベッドにはいって、いざいいだそうとすると、ことばはでてきませんでした。ネリーがとても小さく、しかもわくわくした、よろこびのかたまりのように見えたからです。

階下ではおばさんが、いつになく精力的《せいりょくてき》に動きまわっていました。一度など、だれかと電話で話をしているような声までしました。オリヴィアは迷《まよ》いました。ベッドからでて、こっそり話を聞いておいたほうがいいかもしれない。でも一日じゅう、あれこれ気をもんでいたので、もうくたくたでした。頭がおもりのように枕《まくら》にめりこんでいます。そこで目をとじると、ちがうことを考えました。

あくる朝、太陽がのぼってあたりが明るくなったときにも、テーブルはまだ美しいまま庭にありました。うっすらとかかっていた朝もやがフォークやスプーンの柄《え》に露《つゆ》をのこし、クモがティーポットの持ち手に巣《す》をはっていました。小さな生き物たちがやってきて、クッキーのはしをかじっていったのもわかります。ネリーは着ていたシャツでフォークやスプーンの水滴《すいてき》をぬぐうと、クッキーをきれいにならべかえて動物たちのかじったあとをかくしました。

「ちゃんと、おんなじにしておかなきゃいけないの」ネリーは朝ごはんの席《せき》でいうと、ミンティーおばさんの顔をちらっと見て、すぐにことばをつづけました。「あの……なるべくね」

「ええ、できるだけそっくりにすればいいんだから！」おばさんは、ネリーが前にいったことをまねして楽しそうにいいました。それを聞くとネリーは食べる手をとめ、大きな声でわらいました。

ふたたび待つばかりの長い一日がはじまりました。オリヴィアがあちこち椅子《いす》をうつっては、いらいらしたり、気をもんだり、はたまたぐったりとすわりこんだりするそばで、ネリーは、ほかにすることはないかと考えました。

ネリーは、おばさんがレモネードと紅茶《こうちゃ》をまぜて、レモンティーをこしらえるのをてつだいました。ほうきでポーチをはきました。午後になると二階から両腕《りょううで》いっぱいにぬいぐるみをかかえておりてきて、ポーチの段々《だんだん》にすわらせました。ぬいぐるみは、まるで劇場《げきじょう》に集まった観客《かんきゃく》のようです。エリス・ベルウェザーの本も、例《れい》の物語のページをひらいたままテーブルの上におきました。

「こうしておけば、ずっとむかしにお庭でなにがあったか、よくわかるでしょ」ネリーはいいました。

「あれは本当にあったことじゃないのよ」オリヴィアは、とうとうがまんできなくなって早口でいいました。「なにもおこらなかったし、これからだっておこらないの。百年待ったってね。わからないの、ネリー。あれはただの物語なのよ」

ポーチにいたオリヴィアはいたたまれなくなり、二階の部屋《へや》へいってひとりで本を読むことにしました。腹《はら》だたしげに足をどしんどしん踏《ふ》みならしてドアまでいくと、後ろでネリーの声が聞こえました。

「おばちゃん、おまじないが解《と》けるのに、百年も待たなくていいよね、ね？」

「百年ですって、あらまあ。そんなに時間がかからないといいわねえ。せっかくきれいに用意したテーブルが、こわれて朽《く》ちはててしまうもの」

そしてミンティーおばさんとネリーは、パーティーのしたくがちゃんと整っているかたしかめに、庭におりていきました。リスがやってきて、またクッキーをかじろうとしたので、ふたりはいっしょに、「しっ、しっ！」とおっぱらい、花びんの水がなくなりかけていたので、いっぱいにしました。花壇《かだん》の雑草《ざっそう》もぬきました。でも実際《じっさい》には、ぬくほどの雑草《ざっそう》はありませんでした。オリヴィアとネリーがこの何週間か、庭じゅうの土をほりかえして、ついでにやっかいなメヒシバも枯《か》れ葉《は》も、きれいさっぱりとりのぞいていたからです。

花があちこちで、いままでになくあざやかに咲《さ》きほこっています。おばさんはとてもうれしそうに庭を歩きまわり、にこにこしながら静《しず》かな声で花に話しかけました。その姿《すがた》は、まるで花たちと秘密《ひみつ》の話をしているようでした。

オリヴィアは二階のあけはなした窓《まど》から、おばさんのこの変《か》わったふるまいをとがめるような目つきで追っていましたが、やがて読みかけの本にもどりました。暑さのせいで、ついうとうとしてしまったのでしょう。はっと気がつくと、庭でにぎやかなおしゃべりの声がしていました。ふらふらしながら立ちあがり、窓辺《まどべ》にいって外をのぞくと、どうでしょう。

庭の奥《おく》にジャックとモリーがいました。ふたりは、春にチューリップが咲《さ》いていたあたりにそっと近づき、なにやらじっとのぞいています。ジルの姿《すがた》も目にとびこんできました。髪《かみ》の毛《け》に真《ま》っ赤《か》なリボンをむすび、クッキーをかじっています。

レオもいました。あのごつくて黄色いトラックをわきにかかえ、ベビーシッターを従《したが》えています。会ったことのない少女もいました。虫《むし》とり網《あみ》を持っていて、年は自分より上のようです。もうひとり少女がいて、芝生《しばふ》のはしからはしまで、側転《そくてん》の連続技《れんぞくわざ》をみせていました。でも、あまりうまいとはいえません。あれなら、わたしのほうがずっと上手《じょうず》よ……。

急に、オリヴィアはうれしくてたまらなくなり、窓辺《まどべ》でぴょんとはねました。何週間も人をいれず、からっぽだった庭に、とつぜんこんなにおおぜいの友だちが集まっています。まるで緑の妖精《ようせい》のかけたおまじないが解《と》け、花になった子どもたちがもどってきて、これから――。

とつぜん、おそろしい思いがおそってきました。

「ネリー！」オリヴィアは悲鳴のような声をあげると部屋《へや》をとびだしました。「だいじょうぶよ、ネリー。いまいくからね」

オリヴィアは階段《かいだん》を踏《ふ》みならしてかけおりると、そのままポーチのドアに走っていきました。網戸《あみど》のむこうに、おとなの人影《ひとかげ》があります。それもひとりだけではありません。数人が立ったまま、あるいは椅子《いす》にこしかけて、おしゃべりしていました。歓迎《かんげい》できる光景《こうけい》ではありません。オリヴィアはポーチにとびだしました。

「ネリー、おねえちゃんよ。心配いらないのよ。どこにいるの？」

とたんにおしゃべりがやみ、あたりがしんとしました。ポーチにいた人たちが自分のほうをふりかえり、視線《しせん》をむけてきます。そこへネリーの声が、まるで楽しげなチャイムのようにひびいてきました。

「ここだよ。ねえ、ほら、パーティーがはじまったの。みんながきたんだよ」

11

このパーティーは、ネリーが心待ちにしていたものとはちがいました。それでもネリーは、どういうわけだかちっとも気にせず、むしろわくわくしたようすでほおをピンク色にほてらせ、いっときもじっとしていませんでした。これでいいのか聞こうとして、オリヴィアがわきへひっぱろうとすると、ネリーは体をひいて答えました。

「おねえちゃん、はなしてよ。あたしはだいじょうぶ。すてきなパーティーなんだから！」

そしてポーチの階段《かいだん》にかけていくと、観客《かんきゃく》のようにすわらせたぬいぐるみのあいだに、通り道をつくろうとしました。みんながぬいぐるみにけつまずいたり、それをふんづけたりしていたからです。

オリヴィアは、おばさんに腹《はら》をたてたり、どうしてこんなことをこそこそ準備《じゅんび》したのかたずねたりするひまもなく、あっという間《ま》にパーティーにひきこまれていきました。気がつくとジャックとモリーに、最後《さいご》のティーカップとティーポットをほりだすまでのいきさつを説明《せつめい》していました。感心して耳をかたむける人たちに、エリス・ベルウェザーの物語を得意《とくい》げに見せもしました。

すると、本をのぞきこんで、ジルがいいました。

「ティーカップはさし絵とぴったりあうけど、ティーポットは、ちがうものだわね」

「えっ、本当?」オリヴィアも、本に顔を近づけました。

ジルのいったとおりでした。どちらも明るい青色でしたが、庭からでてきたティーポットは角ばっていて、ふたも、かどを落とした四角い形をしています。いっぽうさし絵のほうは、全体にもっと丸みをおび、ふたはティーカップとおそろいのかわいらしいチューリップ形でした。

これではっきりしました。ミンティーおばさんは、やはりなにかしら、おせっかいをはたらいたのです。すくなくともティーポットだけは、おばさんが埋《う》めたにちがいないとオリヴィアは思いました。

「ネリーには、なにもいわないでね」オリヴィアは低《ひく》い声でジルに念《ねん》をおしました。「ネリーは信《しん》じたがっているの。だから、そのままにしておいてあげたいの」

ジルとのやりとりを小耳にはさんだジャックとモリーが、大笑《おおわら》いしました。

「なあんだ。やっぱりなあ。お茶のセットは、あらかじめ埋《う》めてあったんだ」ジャックがいいました。

「ティーカップも、きみのおばさんが埋《う》めたの？　それともだれかほかの人？」と、モリー。

「それは、まだわからないの」オリヴィアは意味ありげに眉《まゆ》を持ちあげながらいいました。そのしぐさはミンティーおばさんにそっくりです。みんなは愉快《ゆかい》そうにわらいました。

オリヴィアは楽しくてたまりませんでした。長いこと友だちのいない生活がつづいて、さびしくてたまらなかった心が、いっきにいやされました。

そして、庭ではその午後、さらにとても大事なことがおこったのです。

気持ちにゆとりのでてきたオリヴィアがネリーをよく見ていると、ネリーはジルのそばへ歩いていき、「テーブルの上のクッキーをつまみ食いしちゃだめ。じゃないと……」といって、おどしました。

立ちどまって、レオがトラックについて話すのに十秒ほど耳を貸《か》し、それからぷいっと立ち去りました。

虫《むし》とり網《あみ》を持った、見知らぬ年上の少女のあとをついてまわり、逆立《さかだ》ちをして気をひこうとしました。そしてその少女に無視《むし》されると顔を真《ま》っ赤《か》にして怒《おこ》り、もうれつな勢《いきお》いでミンティーおばさんのところに走っていって、「あの子、知らん顔をする」といいつけました。

クッキーのつまみ食いもしました……。

こういったネリーの態度《たいど》は、もちろんある見方をすればまだまだで、父《とう》さんなら、「文明社会に適応《てきおう》するには、さらなる時間がかかる」というでしょう。でも、あの年ごろの子どもにしては、よくやっています。なぜかとつぜん、オリヴィアを独《ひと》りじめしなくてもすむようになっただけでもたいしたものです。オリヴィアはみんなでテーブルにつこうとしたとき、ようやくそのことに気がつきました。

スツールにみんながこしかけると、ネリーがむかい側《がわ》から手をふって声をかけてきました。

「おねえちゃん！　楽しい？」

オリヴィアはうなずくと、手をふりかえしました。

「花になった子どもたちのことは気にしなくていいよ。もうすぐくるから」ネリーはいいました。

「ほんと？」オリヴィアは声を大きくして聞きました。

「うん、きょうじゃないけどね。だって、にぎやかすぎるもん。はずかしがって、でてこないよ」

「じゃあ、いつ？」

「そんなの知らない。おまじないがいつ解《と》けるかなんて、だれにもわからないの」ネリーは、じれたようにどなりました。

ネリーのとなりにすわった女の子が口をはさんできました。ずっと側転《そくてん》をしていた女の子です。この子は、側転《そくてん》はまだあまり上手《じょうず》ではありませんが、教会の地下でひらかれている体操教室《たいそうきょうしつ》にかよっていて、うまくなるこつをたくさん知っていました。まもなくネリーと女の子はいっしょに草の上で、熱心《ねっしん》に側転《そくてん》の練習をはじめました。

「ぜったい、やってやる」ネリーのきいきい声が聞こえてきました。「あたしにだってできる

もん。そこ、どいてよ」

オリヴィアがお母《かあ》さんのような気持ちで妹を見守り、この女の子がネリーの友だちにふさわしいかどうか見定めていた、まさにそのとき、オリヴィアにも変化《へんか》がおこりました。まるでまじないが解《と》けたかのように、オリヴィアの骨《ほね》の髄《ずい》からけだるさがすうっとぬけると、かわりに、くったくのない明るい気分が体にみなぎったのです。ここのところずっと落ちこんでいたオリヴィアでしたが、いまは何か月もおなじ場所に植えつけられていた自分が、どこへでも好《す》きなところへいける自由を手にいれたような気持ちになっていました。

それがうそではない証拠《しょうこ》に、まさにその一分後、ジルの自宅《じたく》にまねかれたオリヴィアは、ためらいもせずにうなずきました。

「ひとりでくるでしょ？」ジルがささやきました。

「あしたはどう」オリヴィアは答えました。

人の心をしばりつけて不自由《ふじゆう》にしていた呪縛《じゅばく》は、その午後、蹄鉄《ていてつ》の形をした庭で解《と》けてなくなりました。でも妖精《ようせい》たちがかけたまじないのほうは解《と》けずじまいでした。そしてどうやら解《と》けることはなさそうでした。花になった子どもたちは、その日はもどってきませんでした。つぎの日も、つぎの週も、そのあとも。

オリヴィアは、そんなことは当たり前だと思っていましたが、ネリーの信念《しんねん》はゆらぎません。庭のテーブルは、いつでもパーティーができるように美しく整えておかなければいけない、といいつづけました。

ネリーはパーティーのあと、おばさんがきれいに洗《あら》った青いティーカップとティーポットを、もとどおりレースのテーブルクロスの上にならべました。それからも、紙ナプキンが雨にぬれたり風にとばされたりするたびに新しいものをだし、花びんの水をとりかえ、花を切ってきて活《い》けました。そしてお皿には、いつもクッキーを山盛《やまも》りにしておきました。ところがどういうわけだかクッキーは、いくらのせてもすぐになくなります。おまけに、日ごとになくなるまでの時間が短くなるのです。

「あのリスたち、クッキーがお皿にのるのを待っているみたいね」おばさんがある日、ネリーをじろっと見やっていいました。「それもいまじゃ、はしっこをかじるだけじゃない。まるごと持っていってますよ」

「えっとね、リスはきっと、おなかがすいているんだよ。冬がくるから」

オリヴィアはこれを聞いてふきだしそうになりましたが、おばさんは、「なるほどねえ」といっただけで、またことばをつづけました。

「そうそう、それで思いだしましたよ。庭のテーブルは、冬のあいだはしまっておきましょうね。わたしの経験《けいけん》からいうとね、寒い季節《きせつ》には、おまじないを解《と》く魔法《まほう》は効《き》かないみたい」

おどろいたことにネリーはおばさんのことばに賛成《さんせい》し、「春になったら、またゆっくり待てばいいよ」といいました。いずれにせよ庭の花は、ほとんどがしおれたり枯《か》れたりしていましたし、ネリーは側転《そくてん》や逆立《さかだ》ちの練習でいそがしい毎日を送っていました。いまでは週に二回、ミンティーおばさんに車で送ってもらい、教会の地下でひらかれている体操教室《たいそうきょうしつ》にかよっています。

さすがに冬はまだ先のことでしたが、秋はそこまでやってきていました。暑い季節《きせつ》は去り、夕方は涼《すず》しく感じられるようになりました。八月が通りの角を曲がっていってしまうと、代わって九月が登場しました。

でも父《とう》さんは、なかなかやってきません。電話で、「今度の週末《しゅうまつ》、迎《むか》えにいく」といったことがあったのに、「わるいが無理《むり》だ」と、あとでかけなおしてきました。どうやら仕事の内容《ないよう》が変《か》わり、新しい得意先《とくいさき》の場所をおぼえるために、もうひとまわり出張《しゅっちょう》の旅をつづけなければならないらしいのです。父《とう》さんは、あと二、三週間もすればなんとか片《かた》がつけられるだろうといいました。

けれどもオリヴィアは、いつものように父《とう》さんとおばさんの会話をこっそり聞いて、本当のことを知りました。

「おばさん、あいつら、ぼくのこと、くびにしたんですよ。信《しん》じられますか、こんなときに。どうやって生活していけっていうんでしょうね。あの子たちには、いわないでくださいよ。心配かけたくないんです。それでですね、オリヴィアをそちらの学校にいれてやってくれませんか。新しい仕事をさがしてなんとかやっていけるようになるまで、あと一、二か月はかかりそうなんです……本当ですか、おばさん。そりゃ、ありがたいなあ。おばさんがいてくれて、まったく助かりますよ」

ほんのすこし前なら、この会話を耳にしたとたん、オリヴィアはおばさんの家にもういちど放りこまれるような、見捨《みす》てられた気持ちになったでしょう。いったいこれからどうなるのか、どうやったらネリーに泣《な》かれないで本当のことを伝《つた》えられるのか、夜どおし一睡《いっすい》もせずに、くよくよ悩《なや》んだり考えをめぐらせたりしたはずです。

でも、いまはちがいます。おばさんの家にいられることがうれしくてなりません。だれにもいいませんでしたが、心のなかでは冬になるまでずっとここにいたいと思ったくらいです。ネリーもそれでかまわないでしょう。実をいうとネリーだって、電話の父《とう》さんが筋道《すじみち》の通った話をしていないことに、ちゃんと気づいていました。

おばさんの家での生活は、とにもかくにもおさまるところにおさまりつつありました。

もちろんミンティーおばさんは、まだオリヴィアの助けなしではいられません。足もとにはネリーの落《お》とし穴《あな》が山ほどひそんでいましたし、運わるく、ふいに新しい金文字の決まりが生まれるおそれもなくなってはいません。反対におばさんのほうでも、いつなんどき分《ぶん》を超《こ》えて主導権《しゅどうけん》をにぎろうとするか、わかったものではありませんでした。でもオリヴィアは、たえずおばさんにはたらきかけ、すこしずつではありましたが、おばさんのことを前よりも信用《しんよう》するようになっていました。そしてこの調子だと、いまに心から信頼《しんらい》できるようになるかもしれないと思うのでした。

電話の話を盗《ぬす》み聞《ぎ》きしたその夜、オリヴィアは夕飯《ゆうはん》の席《せき》でうっかり、こう口にしてしまいました。

「わたしがいく学校に、ジルもかよってる?」

そしてあわてて手で口をふさぎました。しまった、おばさん、なんていうかな。オリヴィアはどきどきしながら待ちました。

でもいつものようにみすぼらしい麦《むぎ》わら帽子《ぼうし》をかぶったおばさんは、顔をあげもせず、なにかに気づいたようなそぶりも見せませんでした。

ところが急に口をひらきました。

「ねえ、かくしごとは、もうなしにしましょうよ。おたがいの耳にはいらないよう気づかいあうのもいいけれど、あなたたちには知る権利《けんり》があります。だから話してあげますよ。あなたたちの父《とう》さんは、いまの仕事をくびになったの。だから別《べつ》の仕事につくまで、この秋はここですごしてちょうだい。オリヴィア、わたしなら夕飯《ゆうはん》がおわりしだいジルに電話をかけて、どこの学校にいっているかたずねますよ。あした学校へいって、転入の手つづきをしましょう」

おばさんは、ざっくばらんにありのままを話しました。そのことばは、こっそり盗《ぬす》み聞《ぎ》きをしてきたオリヴィアの耳に、まっすぐとどきました。オリヴィアは、どう返事をしたらいいのか、しばらくわかりませんでした。そこでおばさんの麦《むぎ》わら帽子《ぼうし》を、ただ見つめていました。穴《あな》だらけの帽子《ぼうし》。おまけにその穴《あな》からは、黄みがかった白髪《しらが》がぼさぼさとびだしています。

でもおばさんの麦《むぎ》わら帽子《ぼうし》、そんなにわるくはない。

12

冬がくる前に、みんなで庭のテーブルを片《かた》づけました。

レースのテーブルかけはたたんで引き出しのいちばん下にしまい、青色の陶器《とうき》のセットは食《しょく》堂《どう》の食器棚《しょっきだな》にならべました。蹄鉄《ていてつ》の形をした庭はひっそりと静《しず》まりかえり、そのあとはもう、おとずれる人もありませんでした。

オリヴィアは二階の窓《まど》から庭をながめました。花たちはいまでは枯《か》れて、やわらかい黄色や茶色のやぶになり、冬にそなえてねむりにはいろうとしていました。渡《わた》り鳥《どり》は南の地をめざして飛《と》んでいきます。石壁《いしかべ》に巣《す》くっていたリスやネズミは、もっとあたたかい地面の下にもぐりこみ、木の実や種《たね》をたくわえて、あれやこれやの冬じたくをはじめていました。

気温はだんだんさがり、寒々としてきました。そんな十月のおわりに、まるで夏がもどってきたような一日がおとずれました。空は青く晴れわたっています。その日は土曜日でしたが、みんなとくに予定もなかったので、まずはネリー、それからミンティーおばさん、最後《さいご》にオリヴィアが、ひなたぼっこをしようとつぎつぎポーチにでていきました。

ポーチにでるのは久《ひさ》しぶりでした。三人ともほかにすることが多すぎて、ひまがなかったのです。

オリヴィアは朝早いバスでジルとおなじ学校にかよい、放課後《ほうかご》は、ジルの家や新しく友だちになった子の家にまねかれて遊びにいきました。たくさんの友だちができました。クラスは前の学校より人数が多くて、顔と名前をおぼえるのがひと苦労《くろう》です。

学校の大きな建物《たてもの》にも悩《なや》まされました。校舎《こうしゃ》には、迷路《めいろ》のように入り組んだ階段《かいだん》や、曲がり角や、教室がたくさんあります。そのひとつひとつになれていかなければならないのに、オリヴィアはいつまでたっても廊下《ろうか》で迷《まよ》いました。階段《かいだん》をのぼった先のドアに、かぎがかかっていたこともしばしばでした。ある朝などは階段《かいだん》をのぼりにのぼって、とうとう屋上にでてしまいました。しかも、後ろでドアが勝手にしまってかぎがかかり、建物《たてもの》の中にもどれなくなりました。

「やだ、それでどうしたの？」昼ごはんのとき、ジルがその話を聞いて、ぞっとしたようにいいました。

「べつにどうもしない。大声だしてセーターをふりまわしてたら、運動場にいた人が気づいてくれたの。でも屋上へつうじるドアを、しばらくだれも見つけられなくてね。校長先生が、屋上へあがったのは主事さんのほかには、わたしだけだっておっしゃってた」

「校長先生とお話したの？」ジルはいっそう目をまるくしました。

「ううん、先生がわたしに声をかけてくださっただけよ」オリヴィアはつつましやかに答えました。

でもオリヴィアは、いつもこのように大胆《だいたん》で勇《いさ》ましいわけではありませんでした。真夜中になると、よく母《かあ》さんに会いたくてたまらなくなりました。ひとりぼっちの胸《むね》が不安《ふあん》でいっぱいになると、いまだに天国の地図に名前をたしていきます。そして悲しみを心のすみっこに封《ふう》じこめていることは、けっして外からはわからないようにしていました。ミンティーおばさんは、オリヴィアの心のなかにそのような場所があると気づいていましたが、口にだしてなにかたずねたりはしませんでした。オリヴィアは、夜ネリーがねむったあと、ときどき下におりていって、おばさんといろいろな話をしました。

オリヴィアは、おおむね元気でした。そして、ゆっくりとではありましたが、確実《かくじつ》にいまの生活になれていきました。

「母《かあ》さんとおなじね」オリヴィアはときたま夜おそく、天井《てんじょう》にむかってささやきました。きっと母《かあ》さんは、天国の山や海のどこかでわたしの声を聞いている。にっこりほほえみかけてくれている。わたしとおなじように、まわりになれようとしている。オリヴィアには、そのように思えてなりませんでした。そこで、いつもいいそえました。

「わたしたち、いっしょにがんばっているのよね」

ネリーはネリーで、やはりいそがしくしていました。教会の地下でひらかれている体操教室《たいそうきょうしつ》を卒業《そつぎょう》して、いまでは一階にある幼稚園《ようちえん》にかよっていました。週五日、朝の九時から午後一時までです。

こんなに長い時間、家をはなれたことのなかったネリーは、オリヴィアとはちがい、ミンティーおばさんが迎《むか》えにきても、ちっともはずかしがりません。迎《むか》えの人たちのなかで、おばさんがどんなにしわだらけで小さく見えようと、また帽子《ぼうし》にあいた穴《あな》からどんなに髪《かみ》の毛《け》がぼさぼさにつきだしていようと、へっちゃらです。おばさんの姿《すがた》を見つけたとたん、「おばちゃん！」とさけんでかけだし、その腕《うで》のなかにとびこみました。

「はやく迎《むか》えにこないと、ネリーは、もうどこにもいきたくないっていうかもしれないよ」ある日、電話でオリヴィアは父《とう》さんにそう注意しました。「ぬいぐるみたちが、これまでにないくらい、しあわせなんだって」

「そりゃこまったな。じゃあネリーに、もうすぐだからと伝《つた》えてくれないか」父《とう》さんがいいました。「あともうひとがんばりで新しい仕事につけそうなんだ。ただ、そのときはカナダに越《こ》さなきゃならなくなるかもしれん」

「えっ、カナダ？　ひどい。どうしてもいかなくちゃ、だめ？」オリヴィアは猛反対《もうはんたい》しました。

このごろオリヴィアと父《とう》さんは、このように電話でいろいろな話をするようになりました。ミンティーおばさんのことばを聞きいれた父《とう》さんは、もう子どもぬきでこっそり話をすることをやめたのです。

オリヴィアの心は、ますますしあわせでいっぱいになりました。

「だって、なにがおこっているか、きちんとわかっておきたいんだもの」オリヴィアが父《とう》さんにそう話すそばから、ネリーがわりこんできていいました。

「それにね、かくそうとしたって、どうせおねえちゃんにはわかっちゃうんだから、ちゃんと話したほうがいいんだよ」


さて夏の日のような十月の土曜日、ネリーとオリヴィアは、日のあたるポーチの階段《かいだん》にならんで腰《こし》をおろしました。おばさんはその後ろに立って、庭の花壇《かだん》をいとおしそうにながめています。おばさんはくんくんとあたりの空気をかぎ、きょうは大切な日だといいました。――ついにこの日がきましたよ。

「なんの日?」ネリーが聞きました。

「ラッパズイセンの球根を植える日よ。この夏、ふたりでいっしょうけんめい庭をきれいにしてくれたから、わたしにもやる気がでてきたの。この庭を、もういちど、どうにかしたくなったのよ」

「むかしみたいに、すてきな庭にするのね」オリヴィアがいいました。

「ええ、そうよ。春になったら、かなり本気で手をいれなきゃならないわ。四月になったらそのために人をやとうつもり。でもね、いまからやれることもあるのよ。ラッパズイセンの球根を植えましょうね。スイセンは土の中で冬を越《こ》さなきゃ、春に花を咲《さ》かすことができないの」

「わかった。じゃ、そのキュウコンってもの、見せて」ネリーが、えらそうにいいました。

おばさんは家にもどると、紙袋《かみぶくろ》をふたつ持ってでてきました。ひとつには小さなタマネギの形をした、茶色の球根がたくさんはいっていました。想像《そうぞう》していたものとちがったのでしょう、ネリーはおどろいたような顔をしました。もうひとつの袋《ふくろ》には、土にまぜるチョークの粉《こな》のような肥料《ひりょう》がはいっています。ネリーとオリヴィアが、ガレージから移植《いしょく》ごてをふたつ、それからシャベルを持ってくると、用意が整いました。

三人はさっそく石のベンチの両わきに穴《あな》をほりはじめました。その場所は、クリームのような白い花をつけるマウントフッドという品種《ひんしゅ》にぴったりの場所です。

「春になって、赤いチューリップや青いイトシャジンといっしょに咲《さ》いたら、さぞかし美しいでしょうね」とおばさんはいいました。

「おばさんは本当に有名な園芸家《えんげいか》だったの？　草花の育て方にとってもくわしいけど」オリヴィアは大きなシャベルに片足《かたあし》をかけ、その足に力をいれながら聞きました。

「有名ねえ……。どうかしら。まあ、生まれてこの方、ずっとこの庭の手入れをしてきましたからね。なにか知っているとしたら、みんなそのあいだにおぼえたことなのよ。この庭ほど、きびしくて確《たし》かな師《し》はいないといってもいいくらいよ」

「ものいわぬ子も庭のお世話をしながら、いろんなことをおぼえたんだよ」ネリーがいいました。ネリーはまだ、エリス・ベルウェザーの本を枕《まくら》もとにおいていました。

「あら、そう」おばさんはつぶやきましたが、球根を穴《あな》の中においたり、まわりの土に肥料《ひりょう》をまぜたりすることに夢中《むちゅう》で、もう子どもたちのことばに耳をかたむけてはいませんでした。

「それにね、その子もひとつの庭しか知らなかったんだ」ネリーはそういうと、土をほる手を休めて顔をあげ、おばさんを見ました。「いつもお花に話しかけてたの。お友だちにするみたいに。それからね、だれよりも親切で人のためを思う子だったんだよ」

これを聞くとオリヴィアまでが手をとめて、おばさんのことを見つめました。でもおばさんは、ふたりの視線《しせん》に気づきもしません。ネリーのことばも耳にはいっていなかったでしょう。

ただひたすら球根を植えていました。

「ねえ、おばさん。おばさんが、いちばん小さい子だったの？」オリヴィアがとつぜん、はっきりした声で聞きました。

「え、小さい子？」おばさんは顔をあげました。「わたしが？　まあ、どうしてそんなことを聞くの。末《すえ》っ子《こ》でしたよ、もし小さい子というのがそういう意味なら」

オリヴィアとネリーは、目をまるくしておたがいの顔を見ました。このあと、どう切りだしたらいいのでしょう。ネリーはオリヴィアが口をひらくのを待ちました。オリヴィアは年が上で、こういう大事なときにふさわしいことばをよく知っているからです。オリヴィアはオリヴィアで、ネリーがなにかいうのを待っていました。自分より小さいネリーは、思ったことをはっきり口にするからです。ふたりは、しばらくだまりこんでしまいました。おばさんはうつむいたまま、もくもくと土をほりつづけています。

いつしか庭は魔法《まほう》がかかったような、あのしんとした静《しず》けさにつつまれました。

そのときです。移植《いしょく》ごてがなにかに当たって、きしるような音がしました。

「あらいやだ！」おばさんが、いいました。「ここに、なにか埋《う》まっていますよ」

訳者《やくしゃ》あとがき

『花になった子どもたち』は、お楽しみいただけましたか。ミンティーおばさんの古い庭は、まるで大きなタイムカプセルのようですね。いろいろなものが長い年月、ひっそりと埋《う》まっているのですから。ただ、何が埋《う》まっているのか、どうしてそこにあるのかは、だれにもわかりません。それにどうやら時期がきたら、土の中のものは自然《しぜん》と外にでてくるようです。おばさんは、古い庭ではときどきそういうことがおこるのだといいました。何かがでてきたからには、それなりの理由があるのだとも……。

青い陶器《とうき》の古いティーカップ。そして、むかしミンティーおばさんの家に住んでいた作家エリス・ベルウェザーの書いた妖精《ようせい》の物語。偶然《ぐうぜん》見つかったこのふたつは、オリヴィアとネリーにとって大きな意味がありました。庭からでてきたティーカップと妖精《ようせい》の物語がネリーのなかでひとつにつながり、オリヴィアとおばさんを巻《ま》きこみながらさまざまなことがおこるうち、ふたりはすこしずつ変《か》わっていきました。居場所《いばしょ》となったおばさんの家に閉《と》じこもるように暮《く》らし、おたがいだけを見ていたオリヴィアとネリーは、母親を失《うしな》い不安《ふあん》でいっぱいだったそれまでの自分たちの世界から、どんどん外へでていけるようになったのです。もちろん、ふたりが楽しい毎日を送れるようになったのは、すぐれた園芸家《えんげいか》であったおばさんのおかげもあります。木や花は時間をかけて大きくなります。そして人も。手をかけつつ見守って待つことのできるミンティーおばさんの〈おせっかい〉もまた、ふたりの成長《せいちょう》に大切な役割《やくわり》を果《は》たしたのでした。

古い庭、花や木、庭のパーティーテーブル、妖精《ようせい》の物語などが印象深《いんしょうぶか》く描《えが》かれるこの作品は、いつしかわたしたちを現実《げんじつ》とファンタジーの間《あわい》へと引きこんでいきます。最後《さいご》の場面では、庭の静《しず》けさにつつみこまれ、おばさんのことばにふわりと魔法《まほう》をかけられたような、不思議《ふしぎ》な余韻《いん》を味わった読者も多いことでしょう。

ところでこの物語には、いろいろな花の名前がでてきます。そのなかでもレディー・スリッパは、あまりなじみがないかもしれませんね。これはランの仲間《なかま》で、花は、山地の草原に生えるアツモリソウに似《に》ています。

庭が舞台《ぶたい》となった児童文学《じどうぶんがく》の作品は、むかしから数多くあります。この『花になった子どもたち』もそうですが、庭は身近な場所であると同時に、なにかしら特別《とくべつ》なことがおこるところでもあるようです。ちなみにミンティーおばさんの庭は、作者ジャネット・テーラー・ライルの家の庭がモデルとなっています。そこも、やはり草ぼうぼうなのだそうですよ。

最後《さいご》になりましたが、出版《しゅっぱん》にあたってお力添《ちからぞ》えいただいた方々に心よりお礼を申しあげます。

二〇〇七年十月

多賀京子《たがきょうこ》

ジャネット・テーラー・ライル（Janet Taylor Lisle）
一九四七年、アメリカのニュージャージー州に生まれる。スミスカレッジで英文学を専攻し、卒業後は、ヴィスタ（米国政府の救貧政策）のボランティアとして二年間活動する。こののちジョージア州立大学でジャーナリズムを専攻し、以後十年にわたりジャーナリストとして活躍。一九八一年に作家活動を開始し、一九八四年、初めての児童書を刊行する。邦訳に『エルフたちの午後』（評論社）、『リスの王国』（講談社）がある。ロードアイランド州在住。

市川里美（いちかわ さとみ）
岐阜県に生まれる。絵本作家。一九七一年パリに渡った後、独学で絵を学ぶ。一九七五年、イギリスの出版社より最初の絵本が出版される。作品の数々は各国語に翻訳され、世界中の子どもたちに親しまれている。『はしって！ アレン』（偕成社）でサンケイ児童出版文化賞・美術賞を受賞。ほか『イーダちゃんの花』（小学館）などがある。パリ在住。

多賀京子（たが きょうこ）
一九五五年、岡山県に生まれる。上智大学外国語学部フランス語学科卒。絵本、児童文学の翻訳家として活躍するかたわら、図書館や小学校で昔話などを語るストーリーテリングの活動もしている。訳書に『あかいことりとライオン』『水晶玉と伝説の剣』（以上、徳間書店）、『この湖にボート禁止』『ベスとベラ』『ふしぎなロシア人形バーバ』（以上、福音館書店）などがある。神奈川県在住。

花になった子どもたち

二〇〇七年一一月二五日　初版発行
二〇〇八年　六　月二〇日　第　三　刷

著　者　ジャネット・テーラー・ライル
画　家　市川里美
訳　者　多賀京子
発　行　株式会社　福音館書店
郵便番号　一一三―八六八六
東京都文京区本駒込六丁目六番三号
電話　販売部（〇三）三九四二―一二二六
編集部（〇三）三九四二―二七八〇
印　刷　錦明印刷
製　本　積信堂
•乱丁・落丁本は、小社制作課宛ご送付ください。
送料小社負担にてお取り替えいたします。
•NDC九三三／一六〇ページ／二一×一六センチ
ISBN978-4-8340-2177-6
http://www.fukuinkan.co.jp/